口入屋用心棒

# 旅立ちの橋

鈴木英治



双葉文庫

# 目次

# 旅立ちの橋　口入屋用心棒

# 第一章

## 一

殺す。

その一念しかない。

つい先日、酒を酌《く》みかわした湯瀬直之進《ゆせなおのしん》は、敵は堀田備中守正朝《ほったびっちゅうのかみまさとも》であると、はっきり告げた。

その瞬間、倉田佐之助《くらたさのすけ》の心は決まったのだ。

湯瀬の言葉なら信用できよう。やつは宿敵といっていい男だが、確信のないことは決して口にしない。味方であるのなら、この上なく信頼が置ける男だ。ともに酒を酌んだとき、そのことがよくわかった。直感にすぎないが、決してまちがいはないという確信が佐之助にはある。

しかし、と佐之助は思った。堀田正朝は、さすがにそうたやすく殺《や》れる相手ではないようだ。

そんなことは、はなからわかっていたが、塀越しに、ぴりぴりと肌を刺してくるようなものがあることが、それを裏づけている。

殺気立っているとまではいわないが、宿直《とのい》をつとめている者たちは、引きしぼった弓のように気を張りつめているのだ。よく鍛えられているといっていいのだろう。

老中首座という地位に長くあり、天下の権を掌中にしている男の屋敷だ、それも当然かもしれない。

こうして屋敷の前にやってくるまでは、堀田家中の者は祭りのように浮き立ち、ゆるみきった気分に浸っているのではないかと思っていたが、そうならぬように、家臣たちを厳しく戒めているにちがいない。

そのあたりは、さすがに老中首座だけのことはある。まぐれで長いこと、その座を守ってきたわけではないのだ。

さて。

佐之助は目の前の塀を見あげた。

今夜、堀田正朝は下屋敷に来ている。老中に与えられる役宅ではなく、わざわざこちらに駕籠でやってきたのだ。

ここ数日、堀田正朝から離れず、動きを見張っていた。

堀田は午後七つすぎに千代田城を下城したのち、この下屋敷にまっすぐやってきた。

佐之助は駕籠を襲撃することも考えたが、まだ西の空に日が残っていることもあって、やめておいた。堀田正朝と刺しちがえる気はない。

それにしても、と佐之助は思った。これは絶好の機会ではないか。ここならば、まちがいなく殺れる。

いくら宿直の者が気を張っていようと、上屋敷ほど人が多いわけではない。

佐之助は確信を抱いた。

塀は漆喰《しっくい》で塗りかためられており、上にがっしりとした瓦がのせられている。高さは、七尺は優にありそうだ。他の大名屋敷よりもだいぶ高く、塀の厚みも相当あるように感じられる。

あたりを睥睨《へいげい》し、近づく者を威圧しているような塀だが、この大袈裟すぎるほどの造りは、警戒を厳にしているだけでなく、老中首座としての勢威を誇示しているのではあるまいか。

しかしこの程度で誰も乗り越えられぬ、と考えているのか。もしそうなら、笑止よな。

佐之助は腹で笑った。

だが、決して油断はしていないのだろう。それゆえ、張りつめた気がこの屋敷には、横溢しているのだ。

瓦に忍び返しが設けられている様子はない。

これなら楽に忍びこめるだろう。佐之助は踏んだが、この瓦はどこかほかとちがうのではないか、という気がしてならない。胸が騒ぐとでもいうのか。

いったいなにがそう思わせているのか。

佐之助はじっと塀を見た。夜空が背景にある。

星は瞬いていない。月もない。厚い雲が空を一杯に覆っている。

そういう晩を選んだわけではなかった。たまたまにすぎない。

わざわざ暗い夜を選んで忍びこもうとするほど、この屋敷の者に恐れを抱いているわけではない。

風は涼しく、湿り気は帯びていない。雨が降りそうな気配はなかった。

上空の風はさほど強く吹いているわけではないが、塀の向こう側の木々は枝が波打つように激しく横に動いている。

木々を騒がせるだけでなく、道を這い上がってくる風の流れもあり、はたきに叩かれたように土埃が激しく舞い上がったり、佐之助の着流しの裾のうちにもぐりこんで、ばたつかせたりする。風は、鍛えていない者ならよろけてもおかしくないほどの力強さを秘めていた。

佐之助はしばらくじっとしていた。待つほどもなく風が吹きやんだ。まるで竹林のように騒がしかった梢も、子供がいたずらをやめたように静かになっている。

佐之助は、塀にのっている瓦を再び見た。いったいどんな仕掛けが施されているのか。

また風が吹きはじめた。その風に背を押されるように佐之助は決意した。

よし、行くか。

両側を見渡して、誰もいないことを確かめる。佐之助は、腰から刀を鞘ごと抜こうとした。

むっ。

顔をしかめた。

不意に、右手に提灯の明かりが浮かび上がったからだ。

人が近づいてくる。距離はまだ半町以上あり、暗がりにいる佐之助が見とがめられる心配はない。

どうやら侍のようだ。提灯の灯に刀らしい細長い影が浮かんだのが見えた。供が四人ばかりついている。

こんな深夜に人が来ることなど、まったく予期していなかった。どうしてこの刻限に麻布の田舎を歩く者がいるのだ。

近くに身を隠す場所はない。

ちっ。

心で舌打ちをする。迂闊だった。焼きがまわったものだ。

あらゆる状況を、あらかじめ思い描いておかなければいけなかった。

まったくなんてざまだ。

そんなことを考えているうちに、提灯の明かりは大きくなってきた。もう二十間もない。

ときがない。

佐之助は刀を鞘ごと抜き取り、塀に立てかけた。下げ緒を握ってから、鍔《つば》に右足を置いた。

右足に力を入れ、一気に体を上へと持ち上げる。塀の上の瓦をつかもうとして、はっとした。

わかった。この瓦は崩れるようになっているのだ。

単純な仕掛けだ。おそらく軽く手が触れるだけで落ちるように細工されているのではないか。

忍び込もうとする者しか、塀の上の瓦に触る者はいない。瓦が落ちれば、激しい音が立つ。それで、屋敷の者に侵入者がいるのが伝わるという寸法だ。

佐之助はすばやく鍔を降りた。せまい道を横切り、反対側の塀に音がしないように刀を立て掛ける。こちらも武家屋敷だ。

近づいてくる提灯は、すでに十間ほどまで迫っている。

佐之助は鍔に足をのせるや、跳ね上がり、塀に手をかけた。こちらの塀には瓦は用いられていない。

佐之助は塀に腹這いになり、下げ緒で刀を手元に引き寄せた。刀を抱くようにする。

ちょうど目の下を侍の一行が行く。思った通り、あるじに四人の供がついている。

あるじはどこかで歓待を受けてきたのか、酒が入って上機嫌のようだ。供の者たちはそんなあるじの様子がおもしろくないのか、しかめ面をしている。

酔っているにもかかわらず駕籠を使わないというのは、屋敷が近くにあるからか。それとも駕籠を使えるほど、裕福ではないということか。

身なりはさほど悪くないように思えるが、諸式は上がって大身の武家といえども、内情は苦しい者が多い。

佐之助はもともと貧乏御家人の出だから、そのあたりの事情はよくわかる。

供の者たちのおもしろくなさそうな顔も、不景気のあおりを受けて、このところうまい酒にありついておらず、どうして殿だけがおいしい目に、とうらめしく思っているからかもしれない。

かわいそうに。

憐れみの思いを抱いて、佐之助は一行を見つめた。

侍などすっぱりとやめてしまえば、ずっと楽になれるのに。一生、そのことに気づかない者たちだ。

もっとも、と佐之助は自嘲気味に思った。俺だって、家が取り潰しにならなかったら、今の気楽な境遇など、知る由《よし》もなかっただろう。人のことは笑えまい。

一行は、塀の上に腹這いになっている者に気づくことなく通りすぎていった。

佐之助は音もなく道に降り立った。また道の両側を見やる。遠ざかる提灯が見えているだけで、新たに近づいてくる灯はない。

よし、行くぞ。

佐之助は思ったが、落ちてくる瓦をどうすればいいものか、いまだに工夫がつかない。仕掛けが単純なだけに、厄介な代物といえる。

そうでもあるまい。

佐之助は思い直し、立てかけた刀の鍔の上で、すっと片足立ちになった。目の上にある瓦に手を触れる。

触れただけでは、重さはあまり感じられない。むしろ、なかはすかすかのような気がする。

佐之助は腕に軽く力をこめた。それだけで、瓦はかすかに動いた。

ほう、よくできているな。

内心、感嘆した。これはおそらく、割れた際に大きい音を立てるためだけにつくられた瓦だ。重さはたいしたことないのだろうが、道に落ちたら、激しい音が立つように工夫されて焼かれているのだ。

いったいどれだけの音がするのだろう。大皿が十枚割れるのと同じくらいだろうか。叩きつけてみたい衝動に駆られる。

瓦が割れる音に、気を張って起きている宿直たちが屋敷を飛びだしてくるようなことはまずないだろうが、屋敷で眠っているあるじを守るために、いっせいに立ち上がり、腰を落としていつでも刀を抜ける姿勢を取らせるに足るだけの音にちがいない。

それだけで、忍び込むことはできなくなってしまう。

佐之助は瓦を抱くように持ってみた。やはり軽い。ふつうの瓦の重さは、八百匁ほどだろうか。これは、その半分もない。

瓦を持ったまま道に降りた佐之助は、瓦を塀に添わせるように静かに置く。

塀を見上げる。

瓦のあったところは、切り取られたようにそこだけぽっかりと暗い空が見えている。雲の切れ目ができたのか、息を吹きかければ消えてしまいそうな星が一つ、物哀しげに瞬いていた。

佐之助は、瓦を取り除いた場所を抜けて、屋敷内に降り立った。すばやく身を低くし、刀を帯にねじ込む。

強い風が吹き寄せ、足もとの草を薙ぎ倒してゆく。頭上の梢も互いを打ち合って、乾いた音を立てている。

佐之助は灌木の茂みにひそみ、母屋のほうをうかがった。広大な屋敷だが、どこに母屋があるか、だいたいの場所は見ればわかる。母屋から最も近い場所を選び、塀を乗り越えたのだ。

どこからか泉水の音がする。庭に池が設けられているようで、ときおり石でも投げ込んだような水音が立つのは、寝つけない鯉がはねているからか。きっと高価な鯉がうようよしているのだろう。

佐之助は、ほんのりとした明るさをいつからか感じていた。空が晴れてきたからではない。風があるにもかかわらず、相変わらず雲は頑として居座ったままだ。

先ほど雲の切れ間からのぞいていた星も、吹き飛ばされてしまったかのように姿は見えなくなっていた。

どうやら右手に、火の入った灯籠があるようだ。深く生い茂る木々の上を乗り越えるような形でにじみ出ている明るさが、上質な絹のようにふんわりと降りてきていた。

きれいだな。

佐之助は茂みから顔をのぞかせて、その光景に見とれた。こういう景色を美しいと思ったのは、いつ以来か。もっと心に余裕があった頃だろう。許嫁も同然だった晴奈《はるな》が生きていた頃ではないか。近頃は、目にしてもなんの感懐も抱かないどころか、気づきもしなかった。

佐之助は、自分が変わってきているのに気づいている。

どうしてこんなふうになったのか。

考えるまでもなかった。千勢《ちせ》と出会ったからだ。お咲希《さき》と犬の子のように抱き合って眠っているのではないか。

会いたい。今、なにをしているのだろう。

その図を脳裏に描く。佐之助は知らず笑みを漏らしていた。

はっとする。にやけた顔をしている場合ではないぞ。

自らの気配を垂れ流しにしていたことに、思いが至った。母屋に目を向ける。

だが、音を立てて腰高障子があくようなことはない。気づいた宿直は、一人としていないのだ。

少しほっとするが、最初からたいして心配していない。

仮に気づかれたところで、俺を斬ったり、とらえたりできるような腕利きは一人もいないのだ。

あいつはどうだろうか。あの、顔が別人のものに変わる男。すさまじいといえる遣い手だった。

今はじめて、思いがいったわけではない。頭の隅に、あの遣い手のことはずっと置いていた。

ただ、あの男の顔を目の前に引き寄せるのが億劫《おっくう》だったにすぎない。

あやつはここにはいない。庭まで降りてきて、佐之助は確信した。

もしいたら、俺は確実に気配を察している。それだけやつは特異な雰囲気を醸しだしているのだ。

佐之助は茂みを抜け出た。中腰になって進む。

本当はこんな姿勢を取らず、背筋を伸ばして歩きたいところだが、今宵は別に刀を振りまわしに来たわけではない。見つからずにすめば、それに越したことはない。面倒を起こす必要はないのだ。

白と黒の石がびっしりと敷きつめられている場所に出た。母屋まで、あと五間ほどというところだ。

石は、母屋の縁側の下まで続いている。まるで石の池のようだ。

佐之助はしゃがみこみ、石を見つめた。丸い石ではなく、まわりがごつごつしているものばかりだ。

これはつまり、鶯張りのような役目を果たすのだろう。

つまらぬ真似をいつまでもしおって。

佐之助はかまわず踏みだし、白黒の石の上を歩いた。

音など一切立たない。そのくらいの鍛錬はしてきている。この程度は遣い手といわれる者にとって、朝飯前のことにすぎない。

佐之助は黒い影を夜空に浮かびあがらせている母屋を見あげ、濡縁にそろりと跳び乗った。

濡縁からは、木がきしむ音はまったく返ってこない。

なかの気配を嗅ぎ、誰もいないことを確かめてから、腰高障子を横に滑らせる。一尺ほどあいたところで、手をとめた。

新しい畳のにおいがしてきた。この部屋は替えたばかりなのか。ここばかりでなく、ほかの部屋もそうなのかもしれない。

老中首座ともなれば、滝壺に吸いこまれる水のように、いくらでも金は入ってくるだろう。

そのなかには当然、公にできる金と、できない金がある。入ってくるのは、できない金のほうがくらべものにならないほど多いだろう。

その手の金は賄賂ということになろうが、汚い金のやりとりなど古来より当たり前に行われてきたことだから、懐に入れたからといって、良心に痛みを覚えることなど、これっぽっちもあるまい。

使い切れないだけの金があれば、屋敷のすべての畳を替えることなど、なにほどのものではないだろう。老中首座の傘下におさまることを願い、自ら畳替えを願い出た者もいるのかもしれない。

もっとも、もともと堀田正朝は、腐り米の横流しなどで、相当の富を得ているはずだ。しかし、莫大な富を築きあげたのは、腐り米だけではないだろう。ほかにもなにかしている。

佐之助には、それを探りだしたいという気持ちはあるが、その前に堀田正朝自身をこの世から消してしまったほうがはやいだろう、という気がしている。そのほうが、後腐れがない。

座敷は、三十畳はあろうかという広さだ。自分の屋敷にはこれだけの広さを誇る座敷などなかった。

佐之助は畳に音をさせないように、足を運んでいった。

今度は襖に突き当たった。滝に打たれる一頭の虎の図が描かれている。岩を噛む流れのなか、四本の足でしっかり立っている。

夜目《よめ》の利《き》く佐之助には、龕灯《がんどう》でも当てられているかのようにはっきりと見えた。

この絵は、と佐之助は思った。堀田備中守正朝自身をあらわしているのだろうか。

きっとそうにちがいない。

おのれを虎にたとえているのだ。老中首座という要職にずっといられるのは、自分に厳しい修行を課している虎だからと、断じているのである。

滝に打たれる虎などいるものか、と佐之助は思った。虎はなにもせずとも、虎であり続ける。

これだけでくだらない男というのが、知れる。家臣の気をゆるめぬのは、それなりの評価はできるとしても、今、政《まつりごと》を行っている者の資質はその程度のものでしかない。

情けないの一語に尽きる。

それだけに、殺すことにためらいは一切ない。

佐之助は屋敷内をさらに進んだ。堀田正朝はどこにいるのか。

宿直の気配を感じたり、実際に端座している姿を目にしたりすることはあるが、そのすぐそばの部屋を堀田正朝が寝所にしている様子はなかった。誰かと密談していることもなかった。

その後も佐之助は堀田正朝の姿を求めて、執拗に探しまわった。

だが、見つからなかった。

どういうことだ。

考えられるのは、一つしかなかった。この屋敷の表門から駕籠で入った堀田正朝は、別の門から出ていったということだ。

もし駕籠で出ていったのなら、いくらなんでも気配を覚れる。

それができなかったのは、やつが忍んで出ていったからだろう。

くっ。

佐之助は歯を嚙み締めた。

迂闊だった。

佐之助は下屋敷の外に出た。人けのない道を歩きだす。

しかしどうして、堀田正朝は忍ぶような真似をしたのか。

やつは命を狙われているのか。そのために居場所を転々としているのか。一ヵ所での長居を避けているのか。

やつを誰が狙うというのか。政敵か。それとも、いろいろな者にうらみを買っているのか。あるいは、ただ老中首座というだけで殺そうとする者がいるのかもしれない。

堀田正朝には、命を狙われているという明確な証はあるのか。

ないのかもしれない。だが、なくとも、あるものと仮定して、常に用心しておかなければならない地位にあるのは紛れもない事実だ。

それに加え、堀田正朝の性格もあるのだ。

警戒の心や猜疑の気持ちが、人よりずっと強いのだ。そんな男であるのを知らず、命を狙うなどどうかしていた。

殺し屋としての仕事をずっとしていなかったから、勘が鈍くなったのか。

そうかもしれぬ。とにかくやり直さなければ。

徹底して堀田正朝を調べ、用心深さ以外にどんな性格なのか、どんな動きをするのか、確実に読めるようにならなければ、駄目だ。

そこまでやれば、まちがいなく堀田正朝を殺れよう。

誰ともすれちがうことのない暗い道を歩きつつ、佐之助は確信を持った。

二

千勢が台所で朝餉の支度をしていた。包丁が小気味よくまな板を叩いている。たくあんを刻んでいた。

帰ってきたのか。

直之進は、甲斐甲斐しく働く千勢に声をかけた。

襷がけをした千勢が、驚いたように振り向く。

帰ってきたって、なにをおっしゃっているのですか。

そなたは、この屋敷を出ていったではないか。

出ていった。いったいなにをおっしゃっているのですか。出て、私がどこに行くとおっしゃるのです。

江戸であろう。私は江戸になど、一度も行ったことはありませぬ。

倉田佐之助という殺し屋を探しに行ったではないか。

倉田佐之助。殺し屋。そのような者、存じませぬ。

知らぬことはなかろう。

存じませぬ。はじめて耳にする名にございます。

千勢がきっぱりと首を振る。

相変わらず強情な女性《にょしょう》だな、と直之進は思った。

よいか、そなたは江戸に行ったのだ。俺はそなたを追っていった。

あなたさまが、私を追ったのでございますか。さようですか。それで、どうなったのでございますか。

俺はそなたを見つけ、どうして沼里《ぬまざと》を離れたのか、きいた。

それが先ほどの、倉田という殺し屋にございますか。

そうだ。

どうして私が、殺し屋を追っていかねばならないのです。

その理由を直之進は口にした。

ええっ。千勢が絶句する。藤村円四郎《ふじむらえんしろう》さまを殺し屋が亡き者にした。その仇討のために、私は殺し屋を追って江戸に向かった。

そうだ。

馬鹿ばかしい。

千勢が吐き捨てるようにいう。

なにが馬鹿ばかしいのだ。

藤村さまは生きていらっしゃるからにございます。

それこそ馬鹿ばかしいことぞ。藤村どのは佐之助に討たれた。

そんなことはございません。

あるのだ。

直之進は、千勢の冷静さにいきり立つようにいった。

あるはずがございません。藤村さまは、殺し屋に亡き者にされるようなお方ではございませんから。腕はすばらしくお立ちになります。

残念ながら、倉田佐之助のほうが上だったのだ。藤村どのは、一刀のもとに斬り殺された。

そんなことがあるはずがございませぬ。藤村さまを討てる者など、この世に一人としておりませぬ。

いたのだ。

いえ、いるはずがございませぬ。

なおもいうか。

直之進は怒声を発した。自分を抑えられそうになかった。千勢を平手で張りたくなっている。

手をあげられるのでございますか。どうぞ、おやりになってください。

千勢が顔を突きだす。

そなたという女は、いったいどこまで情がこわいのだ。

あなたさまが妙なことをおっしゃるからにございましょう。

妙なことではない。すべて事実だ。千勢、目を覚ませ。

目を覚まされるのは、あなたさまのほうでございましょう。

千勢がきっぱりという。

藤村さまは先ほども申しあげた通り、生きていらっしゃいますから。

藤村どのは殺されたんだ。

直之進は辛抱強くいった。堂々めぐりをしているのはわかったが、ここはいうしかなかった。

いえ、生きていらっしゃいます。だって私は——。

千勢が口をつぐむ。

だって私は、なんだ。もったいぶらず、はやく申せ。

千勢が決意を顔に刻み、大きく息を吸った。胸がふくらむ。

私はこれから藤村さまのお屋敷にまいるからにございます。

藤村どのの屋敷に。なぜ。

おわかりではないのですか。

わからぬからきいておる。

藤村さまと一緒になるからです。

なに。

いつの間にか、まな板の脇に、握り飯がいくつも積みあげられていた。

これはいただいてまいります。

千勢が竹皮に手際よく並べてゆく。あっという間に十ばかりの握り飯を包んだ。

では、これにて失礼いたします。

千勢が辞儀し、台所をさっさとあとにした。直之進は一人、取り残された。

なんなんだ。

直之進は呆然とするしかなかった。

どこからか、まな板を叩く音がきこえてきた。

あれは。

直之進はゆっくりと目をあけた。

夢であったか。

まわりを見る。ここは、借りている長屋ではなく、直之進が警護についている登兵衛《とうべえ》という札差の持つ別邸の部屋の一つだ。

ずっと長いこといるから、こちらに住んでいるといったほうが、もう正しいのかもしれない。

天井がうっすらと見える。質のいい木がつかわれている。登兵衛が建てさせた屋敷なのか、それとももともとからあった屋敷を買い取ったのか。いずれにしろ、金があり余っている者が建てたということだけはまちがいない。

腰高障子を通して、透けて見えている向こう側は、すでに白くなっている。夜が明けてから、半刻以上はたっているのではあるまいか。

また、まな板の音が耳に届いた。台所の者は精だして働いている。

それにしても明瞭だった。今でも、かわした会話のすべてをはっきりと思い描ける。

だが、あれは千勢ではなかろう、と直之進は思った。いくらなんでも、あれだけ嫌みな女ではない。

今、なにをしているのだろう。牢をだされてから、一度も会っていない。顔を目の当たりにしたいが、では会いに行こうかという気にはならない。

もしや、と暗さを帯びた光が脳裏をよぎってゆく。

佐之助と一緒ではないか。

そんなことはあるまい。なにしろ長屋にはお咲希という娘がいるのだ。お咲希はまだ八歳くらいのはずだ。妙な真似はできまい。

お咲希は、腐り米の横流しに気づいた利八《りはち》という男の孫娘である。利八は以前から懇意にしていた御蔵役人の高築平兵衛《たかつきへいべえ》のせがれである平二郎《へいじろう》にそのことを告げに行ったのだが、すでに泥水にどっぷりと浸かっていた平二郎の密告により、土崎周蔵《つちさきしゅうぞう》という男によって殺されたのだ。

利八は料永《りょうえい》という料亭を営んでいたが、今、料永は人手に渡り、七年前に両親をはやり病で失っているお咲希は、天涯孤独の身の上となってしまった。

千勢は佐之助を江戸で探すための金を得るために料永で働いていたのだ。はやっている料亭で働いていればいろいろな人と会え、さまざまな話をきけて、佐之助のもとにたどりつけるのではないか、という期待があったのもまた事実だっただろう。

料永で、お咲希は千勢になついていたという。その縁で千勢はお咲希を育てているのだ。

まさか川の字になって、佐之助とともに寝ているようなことはあるまい。

だが、そんなことはもはやどうでもいいことだった。

もう千勢は他人なのだ。故郷の駿州《すんしゅう》沼里で一年ばかり夫婦として暮らしたが、それだけのことにすぎない。

二度と一緒に暮らすことはない。だから、千勢が誰を選ぼうと、かまうことではなかった。

別の思案をしようと直之進は立ちあがり、着替えをはじめた。

気になるのは、なんといってもあの妙な剣をつかう侍だ。振りおろされる刀に触れると、どうしてか殺られる気がしてならず、うしろに下がるしかなくなる。

あの剣は、いったいどういうものなのか。さっぱりわからない。次にやり合ったら、なんとかできるのか。今のままでは無理だろう。工夫しなければならぬ。

今はどうすればいいかわからないが、いずれなんとかなるだろう、と考えている。このあたりの気楽さは、昔から変わらない。思い煩うことはあまりない。こんなのでいいのかとも感じることもあるが、このあたりののんびりした感じは駿河の者らしいとも思う。この気楽さがなくなったら、自分はむしろ終わりではないか。

着替えを終え、刀を帯に差す。静かに廊下へ出た。

もう一人の用心棒である徳左衛門《とくざえもん》とかち合った。徳左衛門は登兵衛の警護を担当している。以前、直之進の命を狙ったこともあったが、とうに和解している。この職を紹介したのも直之進だ。

挨拶をかわす。

徳左衛門はもう五十をすぎているが、顔色はよく、もっと若く見える。娘のような歳の女と一緒に暮らしているが、その女は胸をわずらっている。徳左衛門は一所懸命、薬代を稼いでいるが、女がよくなったという話はきかない。直之進の命を狙ったのも、薬代のためだった。

徳左衛門の努力がむくわれる日が一刻もはやく来ればいい、と直之進は祈るような気持ちでいる。

「よく眠れたかな」

徳左衛門がきいてきた。不安は深いはずだが、そんな思いはおくびにもださない。

「ええ、ぐっすりと」

廊下を歩きだそうとして、徳左衛門が足をとめる。

「それはよかったのう、といいたいところだが」

両手をうしろにまわし、腰を少しだけ曲げて直之進の顔をのぞきこんでくる。

「悪い夢でも見た、というような顔をしておるぞ」

直之進は頬をつるりとなでた。

「さようですか」

「ちがうかな」

「図星です」

「やはり」

徳左衛門がにやりと笑った。といっても、いやみな笑いではない。

「どんな夢かの」

「妻の夢を」

「ご新造というと、千勢どのといったかな」

「さよう」

徳左衛門が腕組みをし、考えこむ。

「直之進どの、本当は千勢どのが恋しいということはないか」

「それはありません」

未練がないかというと、またちがうような気がするが、恋しいという気持ちはすでになくなっていると思う。

「これはまたはっきりというのう」

徳左衛門が廊下から庭を眺める。つややかな陽射しを浴び、木々が気持ちよさそうに揺れている。昨夜、空は曇っていたが、いつの間にか晴れ、透き通るような青空が果てしなく広がっていた。

「いい天気じゃ。生き返るわい」

徳左衛門がつぶやく。顔をあげ、直之進を見る。

「沼里に帰るのか」

いきなりいわれ、直之進はとまどった。

「考えたこともありませぬ」

「だが、沼里と縁が切れたわけではなかろう。向こうには親類、縁者もおろうし、確か、禄もそのままいただいておるという話じゃったな」

その通りだ。沼里の殿さまは誠興《まさおき》といったが、今は重篤の状態で、跡は又太郎《またたろう》という十九歳のせがれが継いだ。今、又太郎は、殿さまとして初のお国入りということで、沼里城にいる。

沼里では以前、御家騒動につながりそうな事件があり、藤村円四郎などもそのために犠牲になったのだが、その件は直之進の活躍などで無事におさまった。

その功を賞されて、江戸で自由の身にもかかわらず、直之進は旧禄の三十石を給されているのである。

「その夢は沼里でのことと申したな」

　徳左衛門が言葉を続ける。

「ということは、じき直之進どのが沼里に戻るという暗示ではないのかな」

「そうでしょうか」

　徳左衛門が再び笑う。笑うと頬にえくぼのような深いしわができ、どことなくかわいらしさを覚えさせる。

「信じておらぬという顔じゃな」

「いえ、そういうことでは」

「まあ、見ておれ。年寄りの言葉は、意外に侮れぬものよ」

「はあ」

　徳左衛門が肩を叩いてきた。

「もう朝餉《あさげ》ができた頃ではないか。直之進どの、まいろう」


　朝餉を終え、直之進と徳左衛門は座敷に通された。

　そこには、あるじの登兵衛と配下の和四郎《わしろう》がいた。

　登兵衛は五十代半ば、和四郎は二十六と自身、いっている。

　二人は札差とその奉公人ということになっているが、実際には侍であろう、と直之進はにらんでいる。それも、幕府の中心か、それに近い場所に位置している者にちがいあるまい。

ただし、登兵衛が本物の札差であるのは確かだ。どうして侍が札差をしているのか。腐り米の横流しに関して、探索を進めていたのだ。

その探索をいやがる勢力がおり、登兵衛は命を狙われた。その警護に直之進が雇われたのである。

侍であるなら登兵衛を守る者に事欠かないはずだが、家臣に腕の立つ者がいないのかもしれなかった。登兵衛は、直之進も懇意にしている口入屋の米田屋《よねだや》に遣い手の用心棒の依頼をしたようなのだ。

登兵衛を狙う者は、富裕なことでよく知られている老中首座堀田正朝の息のかかっている者に、まずまちがいない。

それは誰なのか。

札差の二井屋《ふたいや》。またの名を島丘伸之丞《しまおかしんのじょう》。この男が、遣い手だった土崎周蔵やその兄である緒加屋増左衛門《おかやますざえもん》こと土崎周悟《しゅうご》をつかって、登兵衛や直之進の命を狙ってきたのである。

このことは、御蔵役人で、腐り米の不正に手を染めた高築平二郎の証言で明らかになっている。

島丘伸之丞というのは何者なのか。堀田正朝とはどういう関係なのか。

残念ながら、まだこれらのことは一切、明らかになっていない。

「島丘伸之丞をとらえ、すべて吐かせることが、老中首座の方の悪行を白日の下に晒すことになりましょう」

登兵衛が、直之進たちを見渡していった。

「うむ、いきなり老中首座をとらえるなどということは、どうやっても無理だろうからのう」

徳左衛門が、うなるような声とともにいった。

「島丘伸之丞の身柄を確実に手中におさめることこそ、老中首座堀田正朝の罪を問うことにつながるでありましょう」

そういって登兵衛が深くうなずく。

「それで、どうやって島丘伸之丞をとらえ、追いつめてゆくか、その方策を考えなければなりません」

それに応じて、和四郎が声を発する。

「二井屋のことを調べれば、きっとなにか出てきましょう」

「うむ、その通りだろう。すでに他の者に調べさせているが、和四郎、さっそく取りかかってもらおう」

登兵衛が直之進に視線を移す。

「湯瀬さまには、いつものように和四郎の警護をお願いいたします」

「承知した」

直之進は強く顎を引き、言葉を続けた。

「二井屋のことだけでなく、島丘家のことも調べたい」

「そちらも調べさせておりますが。——和四郎、では、そちらも頼むぞ」

「おまかせください」

和四郎が両手をつき、深々と頭を下げた。そのさまは、まるで殿さまに対する家臣の態度だった。

徳左衛門はいつものように登兵衛のそばを離れず、別邸に押し入ってくるかもしれない襲撃者に備えることになった。

三

杓子ですくい、小皿に静かに注いだ。

千勢は唇を近づけ、味見をした。

うん、おいしい。

知らず笑みをこぼしていた。味噌汁がうまくできたときは、うれしくてならない。

なんとなく視線を感じ、振り返る。

「お咲希ちゃん、おなかすいたでしょ。もうすぐだから、待っててね」

はーい、とちょこんと正座しているお咲希が元気よく返事する。

「いいにおい」

お咲希が目を閉じ、深く吸いこむ。

「おっかさん、まだ。あたし、もう我慢できない」

おっかさんと呼ばれるのには、だいぶ慣れてきた。しかし、呼ばれるうれしさが減じることはいささかもない。

「すぐよ」

千勢は笑っていった。

実際、その通りで、あとはご飯や味噌汁をよそうだけだ。

膳を運んでいこうとしたら、お咲希が自分の分を持った。

「えらいわ」

「女の子なんだから、このくらいはしなきゃ」

お咲希が畳の上に膳を置く。千勢は正面に正座した。

「おいしそう」

膳をあらためて見つめて、お咲希がいった。目を輝かせている。

「いつもと同じよ」

「いつもおいしそうなの」

膳にのっているのは、豆腐の味噌汁にたくあん、梅干し、納豆というものだ。

「あたし、納豆が大好き」

「私もよ」

「毎日、食べても飽きないものね」

「本当ね」

「おじいちゃんも好きだったの」

「旦那さまが」

千勢は利八の面影を引き寄せた。やさしくて聡明な人だった。いつも静かに語りかけてくれた。自分が仇討のために江戸に出てきたことを、明かしていた人でもある。なんでも受け入れてくれそうな懐の深さがあり、千勢は敬慕していた。

殺されたときいたときは、声も出なかった。仇討をしたかった。

今、その役は佐之助がしてくれている。藤村円四郎の仇として追った男が、そういうふうになってしまうなんて、どういう運命の定めなんだろう。

人というのはわからない。実際、今は佐之助を慕わしく思っているのだから。

ほんの半年前なら、信じられないことだ。今でも信じられない。

「おっかさん」

お咲希の声がした。

「なにを笑っているの」

千勢は、箸をとめてじっと見ているお咲希を見つめ返した。眉が太い筆で墨を引いたように濃く、黒目が飴玉でもしこんだかのように大きい。笑うと、えくぼができるのが、たまらなくかわいい。

「なんだと思う」

千勢はいたずらっぽくきいた。

「当ててみせようか」

お咲希が自信たっぷりにいう。これは当てられるな、と千勢は思った。

「どうぞ」

「おじさんのことね」

お咲希がいうおじさんというのは、ただ一人だ。

「ご名答」

朗らかな声が出たのが、自分でもわかった。

「おっかさん、もう照れないんだね。なにかおじさんとのあいだで、あったんじゃないの」

お咲希の言葉に、千勢は赤面した。

「そんなこと、あるはずがないじゃない」

お咲希がにっこりとする。

「本当になにかあったんだ」

お咲希が顔を寄せてきた。甘さを感じさせる香りがする。赤子のにおいとはちがうが、どこか似通っている。

そうよ、まだこの子は幼いもの。私がしっかり守り続けなきゃ。

千勢はあらためて決意を胸に刻みつけた。

「ねえ、なにがあったの」

「それはねえ」

千勢は思わせぶりにいった。

「秘密よ」

「えー」

「いつか教えるわ」

「待ち遠しいけど待つわ。おっかさん、約束よ」

「うん」

二人は指切りげんまんをした。

佐之助をかばったという罪で、千勢は牢に入れられた。危険を顧みず佐之助は牢まで会いに来てくれた。そのとき抱き締められたのだ。

あのときは頭に血がのぼった。あのままどうなってもいい心持ちになった。

しかし、佐之助は手を放した。当然だろう、あんな場所でむつみ合うほうがどうかしている。

佐之助はしばらく千勢を見つめていた。そして、千勢が牢を出たら雑司ヶ谷村の蓮成寺《れんじょうじ》で会おうといったのだ。

千勢は蓮成寺に行った。佐之助はなかなか姿をあらわさなかったが、無事に会えた。

ゆっくり話ができるはずだったが、佐之助がいきなり襲われた。顔ががらりと変わってしまう侍だった。

闘っている最中、姿がかき消えてしまうという術も合わせ持っていた。これにはさすがの佐之助も面食らっていた。

しかし侍は佐之助の抵抗にあうと、あっさりとやる気をなくしたようで、すぐに立ち去ったが、千勢には薄気味悪さが残った。

あの侍はいったい何者なのか。どうして佐之助を襲ったのか。

佐之助はその後、なにもいわなかったが、やはり利八殺しの一件に関することにちがいなかった。

どうして佐之助は、なにもいわなかったのか。

決まっている。千勢やお咲希にいわれて利八殺しに首を突っこんだことで、恐ろしい遣い手に襲われた。佐之助は、そのことで千勢が申しわけなく思うことを怖れたのだ。

でも、少しはあの侍のことについて教えてほしかった。

もっとも、佐之助もほとんどわかっていないようだった。

今度はいつ会えるのだろうか。

千勢は面影を胸に抱いた。幸せな気持ちに包まれた。

「きれい」

お咲希のつぶやきがきこえた。

千勢は目をあけた。いつの間にか閉じていたのだ。

「なにが」

箸を宙でとめ、じっと見ているお咲希にきいた。

「おっかさん」

「私がきれいなの」

「うん、とても」

お咲希が箸を持ち直した。

「なにか夢見るような表情だったの。桃色の耳たぶが風に吹かれたようにかすかに揺れ動いて、唇が桃の花びらのようにふっくらとしているの。おっかさん、まるでおとめのように見えたわ」

「おとめだなんて、お咲希ちゃん、私の歳、知っているでしょ」

「でも、今のおっかさん、とても若かったんだもの。やっぱり女って、恋をしていなきゃ駄目なんだね」

「そうかもしれないね」

千勢は笑って同意した。

「ねえ、おっかさん、一緒になるの」

お咲希に無邪気にきかれて、千勢は沈黙した。

本当にどうなるのか。今、まちがいなく佐之助に惹かれている。勢いのままにあの人に抱かれ、その後、どうなるのか。

将来はあるのか。

あの人は殺し屋だった。今は人を殺さなくなっている。

それは大袈裟でなく、私のためだろう。

だが、あの人が殺し屋で、人を殺したという罪は決して消えることはない。つまり、一生、町奉行所に追われる身であるということだ。

そういう人と一緒になれるのか。

私一人なら、大丈夫だろう。きっと乗り越えられる。

でも、お咲希が一緒だとどうか。常に肩身のせまい暮らしを強いられる。

そんな暮らしに、お咲希ちゃんを引きこんでいいものか。

「ごめんね」

不意にお咲希が謝ってきた。

「どうしたの」

千勢は驚いてきいた。

「ううん、おっかさんを困らせちゃったみたいだから」

「そんなことはないわ」

千勢はお咲希を抱き締めた。いい香りが鼻孔に吸いこまれ、全身に満ちてゆく。

「お咲希ちゃん、あなたは私の娘だから、そんなことで謝ることはないの」

「でも」

「いいのよ。ききたいことがあったら、これからも遠慮なくきいて。それじゃなきゃ、お互い、息苦しくなっちゃうでしょ」

「それはそうだけど、でも、気をつかうところは気をつかわないと」

「それはそうよ。でも、親子なんだから、いいたいことはいったほうがいいわ。私もお咲希ちゃんにいうべきことはすべていわせてもらうから」

お咲希が千勢から静かに離れた。

「じゃあ、あたしもそうするね」

「うん、きっとよ」

それからしばらく、千勢は食べることに専念した。味噌汁が冷めてしまいそうだ。

「お咲希ちゃんはどうなの」

最後にたくあんを口に入れ、咀嚼してから千勢はきいた。

「どうなのって、なにが」

お咲希も食事を終え、箸置きに箸をのせている。

「わかっているでしょ」

千勢は、つぶらな瞳をのぞきこんだ。まるで水面に太陽を映しているかのように、きらきらしている。

どうしたら、こんなにきれいな目になるのかしら。

千勢は、人とは思えないものを見ているような気すらした。

「わからないわ。おっかさん、いったいなんのことかしら」

首をかしげ、お咲希は明らかにとぼけている。そんな仕草もかわいくてならず、千勢は抱き寄せたかった。

「水嶋栄一郎《みずしまえいいちろう》さまのことよ」

お咲希が紅でもぶつけられたように、一気に頬を赤くした。

「どうもなってないわ」

ややぶっきらぼうにいう。

なるほど、と千勢は思った。進展はないということか。

「そう。でもお咲希ちゃんのことだから、きっとうまくいくわ」

「ほんとう」

「本当よ。お咲希ちゃん、いつもにこにこ笑って、明るいでしょ。私を元気づけてくれるし。そういう子には、いいことが必ずあるものよ」

「にこにこしているだけで」

お咲希は半信半疑という顔だ。

「そうよ」

千勢は強く顎を引いた。

「ねえ、お咲希ちゃん。いつも頑固そうに顔をしかめている人と、いつもにこにこしている人。どちらに幸運が舞いこむと思う」

「にこにこしている人」

「そういうことよ。人というのは、笑っている人のほうが、いいことが一杯あるのよ」

「そうか。笑う門《かど》には福来たる、っていうしね」

「そういうこと。お咲希ちゃん、くよくよ思い悩んだりせずに、これからも明るく笑い合っていきましょう」

「うん」

お咲希が見あげてきた。

「おっかさんもにこにこするようになってから、いいことが起きはじめたの」

どうだろうか。千勢は考えこんだ。

「そうかもしれないわ」

お咲希を見つめていった。

「一つはっきりいえるのは、いいことがたくさん起きはじめたのは――」

間を置き、しばらく黙っていた。

「おっかさん、じらさないで」

「はいはい」

千勢はお咲希に告げた。

「ほんとうなの、おっかさん」

「ええ、本当よ。私にいいことが起きはじめたのは、お咲希ちゃんとこうして暮らしはじめてからよ。お咲希ちゃんと一緒に暮らすこと自体、とてもいいことだったというのもあるのだけれど、お咲希ちゃんの明るさが私にも移ったということでしょうね。私もたくさん笑うようになったし」

「そう」

お咲希がうつむいた。膳にしずくがぽたりと落ちた。

「お咲希ちゃん、どうして泣くの」

「だって、うれしいから」

お咲希が涙に濡れた目をあげた。千勢は懐紙でふいてやった。

「あたし、おっかさんの役に立てているんだね」

「当たり前でしょう。お咲希ちゃんがいないと、私、生きていけないもの」

「じゃあ、おっかさんがおじさんと一緒になったとき、あたしを捨てないよね」

「なにをいっているの」

千勢はお咲希を力強く引き寄せた。

「私たちは、もう二度と離れることはないの。ずっと一緒よ」

「うれしい」

お咲希がしがみついてきた。

「でもそうすると――」

「なあに、おっかさん」

「お咲希ちゃんがお嫁に行くとき、困っちゃうなあ」

お咲希が腕のなかでいやいやする。

「あたし、お嫁になんか行かないもの」

千勢はほほえんだ。

「でも、水嶋栄一郎さまがお咲希ちゃんをお嫁さんにほしいっていったら、どうする」

お咲希が黙りこむ。千勢はあわてて言葉を継いだ。

「ごめんなさい。今度は私がお咲希ちゃんを困らせちゃったわね。今のは忘れて」

その後、千勢とお咲希は長屋を出た。甚右衛門店《じんえもんだな》の路地には、光が一杯に満ちあふれていた。

長屋の女房衆が洗濯しながら、会話を弾ませている。太い腕があらわで、声も大きい。自分にはないたくましさを感じ、千勢はうらやましいと思った。

女房衆と朝の挨拶をかわし、千勢とお咲希は路地をあとにした。お咲希ちゃん、がんばって学問に励むんだよ。そんな声がかかる。はーい、とお咲希が答える。

お咲希はこれから近くの羽音堂《はおとどう》という手習所に向かうのだ。

歩いているうち、日が陰ってきた。南からあらわれた雲が、あっという間に青空を消してゆく。まるで泥水が水田を浸しているような感じだ。肌寒さを覚えさせる風も吹いてきた。

お咲希が頭上を見る。

「厚い雲」

「ほんとねえ。さっきまであんなに晴れていたのに」

「手を伸ばせば届きそう」

お咲希が実際にしてみる。

「やっぱり無理ね」

しかしお咲希が手を伸ばしてもおかしくないほど、低い位置に切れ端のような雲が舞っている。高いところにある雲はかなり厚いが、それも重みに耐えかねて、徐々に降りてきているように見える。

「雨になるかしら」

お咲希が気がかりそうにいう。

「どうかしら」

千勢は行く手を見渡した。多くの人が行きかっている。ほとんどはこれから仕事に向かう者たちのようだ。職人や大工といった者たちだろう。

奉公先の商家を出てきて、得意先に向かうらしい手代や丁稚らしい者の姿も目につく。空《から》の籠を担いだ百姓衆もけっこう歩いている。蔬菜《そさい》がすべて売れたのか、にこにこしている者もいた。

空のたらいを持った魚売りや、ざるを手にしている蜆《しじみ》売りの姿もある。いずれも帰路についているようだ。

幾人もの僧侶や、はやくに屋敷を出てきたらしい勤番侍もいる。近くに、五代将軍綱吉《つなよし》公が建立した護国寺がある。僧侶は護国寺の者か、関連の寺の者だろう。勤番侍は、有名な寺院ということで、参詣に来たにちがいない。

護国寺は、母である桂昌院《けいしょういん》の、衆生を救済したいという願いをうつつのものにするために、綱吉公が天和元年（一六八一）に建てた寺である。広大な境内と巨大な伽藍が、見る者を圧倒せずにはおかない。

さらに雲が低くなり、町は湿気が増してけむりはじめた。人が行きかうたび、靄が動くような感じになってきた。

霧雨というほどではないが、着物がべったりと肌にまとわりつく。

護国寺の参道になっている道に出て、ほんの半町ばかり行ったところで、千勢とお咲希は足をとめた。

「じゃあ、ここで」

お咲希が千勢に向かって手を振る。すでに羽音堂に通う女の手習子を見つけ、駆けだしたがっていた。

「うん、じゃあね。気をつけるのよ」

「わかってるわ」

いいざま、お咲希が道を西へと走りだす。背中に声をかけたようで、手習子がぱっとお咲希のほうを振り向いた。途端に華やいだ笑顔になる。

あの調子なら、と千勢は思った。すでに友と呼んでいいのだろう。お咲希はうまくやっているのだ。

あの明るい性格だから、さして心配していなかったとはいえ、友垣《ともがき》の手習子のああいう笑顔を見ると、心からほっとする。

あの友の名は、確か、おくみといったはずだ。歳も同じ八歳ときいている。お咲希たちは、靄に包みこまれるように消えていった。どこか夢のなかにいるような、はかなさがあった。

それはお咲希が八歳という歳よりも、体が小さいことも関係しているのかもしれない。まだ五歳くらいの背丈しかない。

食が細いということはないし、ときにこちらを驚かせるほど食べることがあるから、きっといつかは背が伸びるときがやってくるのだろう。

でも、少し心配だ。どうすれば、はやく大きくなってくれるのか。

食べ物だろうか。でも、なにを食べさせれば、いいのだろう。

いらぬ心配はするまい、と千勢は思った。子というのは、きっと自然に成長してゆくものなのだろうから。

千勢は静かに息をついてから、歩きはじめた。

着いたのは、小さな寺だ。甚右衛門店から、四半刻の半分もかかっていない。開睡山典楽寺《かいすいざんてんがくじ》と山門に扁額が出ている。

千勢は五段ほどの階段をのぼり、来る者拒まずとばかりにひらいている山門をくぐった。右手に鐘楼がある。

ここにはじめて来たとき、つかせてもらった大きな鐘が下がっている。心に響く音がし、心がたちまち晴れるほど気持ちよかったのを思いだす。

大晦日の鐘は百八の煩悩を払うために撞かれるが、この寺の鐘をついたときも、まさにそんな気分になったものだ。

この寺は佐川屋《さがわや》という口入屋に紹介を受けた。賄いや掃除、風呂焚きなど、家事を行うことになっている。

賃銀は一日二百文で、働くのは朝の五つ半から夕方の七つ頃までと決まっている。

千勢にとって、最適といえる条件だ。賃銀だって、決して安くない。ありがたい職場といえた。

左手に庫裡《くり》がある。そこに住職の岳覧《がくらん》が住んでいる。

まず千勢がすべきことは、飯炊きだった。岳覧は飯をまずく炊く名人で、ひどく焦がしたり、生煮えみたいにしてしまったりするようなのだ。

千勢は庫裡に向かおうとした。しかし、鐘楼に惹かれるものがあり、足をとめてしばらく眺めていた。

思い切りつけたら、どんなに晴れ晴れとするだろう。

「またついてみるかね」

いきなりいわれ、千勢はびっくりした。鐘楼の陰からあらわれたのは、岳覧和尚その人だった。箒《ほうき》を手にしている。いつもの高級そうだが、古い袈裟をまとっている。

「こちらにいらっしゃったんですか」

千勢にきかれ、岳覧がいたずらっ子のような目をする。

「千勢さんを脅かそうと思って、ひそんでおったんじゃ」

「またご冗談を」

「冗談ではないさ。わしはいたずらが大好きじゃからな」

岳覧が鐘楼を見あげる。

「どうじゃ、ついてみんか」

「よろしいのですか」

「かまわんよ。八つの鐘はとうにつき終えたが、かまうまい。近所の者は、また和尚がたわけた真似をしていると思うだけじゃろうからの」

「本当によろしいのですか――」

「さっきからそう申しておる」

「では、お言葉に甘えさせていただきます」

「おう、どんどん甘えよ。わしゃ、千勢さんなら、すべて許してやるからの」

岳覧の言葉はどこまで本気がわからない。剣聖にも通ずるような厳しい修行をくぐり抜けてきた雰囲気を、岳覧はそこはかとなくたたえている。

千勢はくすぐったいような、面映ゆいような気分で、鐘楼の階段をのぼった。

はじめてこの鐘楼にあがったときは、江戸の町を眺められた。

しかし今、町は靄のなかにすっぽりと沈んでしまっており、高い屋根がところどころ島のように見えているだけだ。

「千勢さん、思い切りつきなされ」

岳覧が声を励ます。

「このうっとうしい靄を、吹き飛ばす勢いで頼むぞ」

「はい、承知いたしました」

千勢は答え、撞き紐を握り締め、力強く振った。

小気味いい音が靄に吸いこまれてゆく。耳にじんわりとかすかに響くものが届く。体を心地よく震わせてくれる。

「悪くはないが」

岳覧が笑みを浮かべつつ、首を振った。

「それではまだ駄目だな。もっと思い切り」

はい、と答えて千勢は存分に力をこめてついた。

だいぶ大きな音が出た。耳が痛くなるほどだったが、いやな感じはなく、ずっときいていたいと思わせてくれる音だ。涙が出そうになるくらいに気持ちよい。

「だいぶよくなったが、では、わしが手本を示そうかの」

箒を立てかけて、岳覧が鐘楼にあがってきた。千勢は和尚のために場をあけた。

岳覧が手に唾するような顔で、撞木《しゅもく》の撞き紐を握る。

「手本といっても、本当はこんなつき方をしてはいかんのだが、まあ、たまにはいいじゃろう」

よいしょ、といって岳覧が弓を引きしぼるように撞木を引く。間を置いてから一気に鐘にぶつけていった。

直後、千勢はめまいを感じた。体がよろけそうになる。そのあとで音がやってきた。鐘のなかに閉じこめられ、つかれたような感じだった。

全身が震えている。体のなかの悪いものが、すべて出ていったような気さえした。

すごい。

千勢はその言葉しか思い浮かばなかった。

「どうじゃ」

顔をしかめた岳覧が人さし指で、耳の穴をほじくるような仕草をしている。

千勢は思いを伝えた。

「じゃろう」

岳覧はうれしそうだ。ただ、目をぱちぱちさせている。

「だが、今のはちとやりすぎの感がなきにしもあらずじゃ。耳が痛い。目にもひどく響いてきた」

「和尚さまでも、そんなしくじりをされることがあるのですね」

「当たり前よ。わしなど、しくじりばかりじゃ。今のはおまえさんにいいところを見せようとしたから、力んでしまった。もう少し音が控えめなものになるはずじゃったが、どうしてかまともに芯を食ったようじゃ。わしもびっくりした」

岳覧が顎をなでる。

「しかし、このくらいやれば、体中に巣くっていた煩悩すべて、出ていったであろうよ」

「私もそう思います」

「ただ、人の厄介なところは」

岳覧が鐘楼を降りはじめた。

「こうやってだしてやっても、すぐにまた煩悩がたまってしまうところじゃな」

まったくその通りだ、と千勢は思った。なんといっても、佐之助のことが心から離れようとしないのだから。

「どうした」

石畳を歩きだしていた岳覧が振り返る。にこっと笑った。幼子のような笑みで、この住職が檀家の人たちに慕われているのがよくわかった。

「いえ、なんでもありません」

「なんでも、ということはなかろう」

岳覧が顔をのぞきこんできた。そうしてもいやらしい感じは一切ない。凪《な》いだ海を思わせる穏やかな瞳が目の前にある。

「例の武家の男のことを考えておったな。どうじゃ、図星であろう」

「はい」

千勢は控えめに答えた。

「やはりな。その男、元気か。なにをしている男なのかな」

「それは」

「答えられんか。どうせ堅気ではないのであろう。おまえさんも難儀な女性よな。そういう危なっかしい男にしか、惹かれんというのは」

岳覧が再び歩きだす。

「しかし、それもまた人生じゃな。一度しかない人生、悔いのないようにしておくというのは、とてもいいことじゃ。功徳《くどく》であろうな」

「功徳」

「そうさ。おのれに対する功徳。それ以外になかろう」

石畳を庫裡のほうに向かおうとして、岳覧が立ちどまる。

「ときに千勢さん、さらに功徳を積もうとは思わんかね」

「はい、なんでしょう」

「風呂焚きをお願いしたい。千勢さんも知っての通り、わしゃあ、風呂を焚くのも下手なんでな」

本当なのかどうか、岳覧がいっていたのだが、一度ならず風呂を煮立たせたことがあるのだという。

「わかりました」

千勢は庫裡の裏にまわろうとした。

「でもご住職、どうしてこういう刻限に入られるんですか」

「それか」

岳覧が坊主頭をかく。

すでに四つ近い。口入屋の佐川屋のあるじも、岳覧は四つ頃に入るというようなことをいっていた。朝風呂は湯屋などでは誰でもしていることだが、この刻限に入浴するというのは、珍しいのではないか。

「朝のつとめがちょうど終わる頃というのもあるんじゃが、実はもう一つ理由がある。ちょっと人にはいいにくいことなんじゃがなあ。きいたら、千勢さんはわしのことをきらうかもしれん」

「それはいったいなんですか」

岳覧が苦笑する。

「興味津々というのは、まさに千勢さんのその目じゃなあ。仕方あるまい」

ついてきなされ、といい、背中を見せて歩きだした。

案内されたのは風呂場だった。離れのような独立した一つの建物となっているのは、千勢はむろん知っている。なかに入るのは、はじめてだ。

「広い」

それに、東側を向いた大きな窓から陽射しが入りこんで、壁板や簀《す》の子《こ》にはね返っている。風呂場は、まぶしいほどの明るさにあふれていた。

「うむ、確かに広いな。わしは大の風呂好きでな、檀家の人たちに頼みこんで、ここだけは贅沢させてもらったんじゃ」

湯船は長さが一間近く、幅は二尺ほどあるだろう。深さもたっぷりだ。簀の子が敷いてある洗い場も三畳間ばかりの広さがある。

「すごいですね」

千勢は目を丸くした。なかがこんなすばらしい造りになっているとは、夢にも思わなかった。

「見ての通り、この刻限、木々のあいだからちょうど陽射しが入りこんで、光が満ちるんだ。冬と夏ではむろんずれが出てくるが、だいたい四つ見当とみてまちがいない。わしはな――」

岳覧が洗い場を指さす。

「恥ずかしい話じゃが、下帯も取った素っ裸で、簀の子の上に横になって陽射しを浴びているのが好きなんじゃよ。それは夏も冬も変わらんなあ」

「そういうことだったのですか」

千勢は、僧侶らしからぬ目の前の男をしげしげと見た。

「うむ、実に気持ちいいものでな」

岳覧が首を曲げて千勢を見つめる。

「おまえさんもやってみんか。もちろんわしと一緒にだ」

「本当でございますか」

千勢は思いきっていった。

「おっ、千勢さん、やる気か」

「ご住職さえよければ」

千勢は熱い目で、岳覧を凝視した。

「まいったのう」

岳覧が赤くなって、下を向く。

「わしの負けじゃ」

岳覧が顔をあげた。

「しかし、千勢さんもいうようになったのう。ここに最初にやってきたときとは、だいぶ趣がちがってきたの。一皮むけたというか、いいことよ」

「さようですか」

「さようもさようじゃ」

岳覧が大まじめにうなずく。

「じゃが、千勢さんが本当にいいのなら、素っ裸になって横たわり、気持ちのよい陽を浴びてみたいものじゃのう」

千勢はその図を想像してみた。笑みがこぼれ出る。

そんなに悪いものでもなさそうに思えたのが、自分でも意外だった。

やはり私は変わりつつある。

# 四

今、学んでいるところはむずかしくはない。どころか、たやすい。以前、おじいちゃんが教えてくれたことがほとんどで、学び直しているも同然だから、それも当たり前だろう。

仮に、もっとむずかしくなっても、きっと困ることはないだろう、とお咲希はいいように考えている。もともと、くよくよするような性格ではないし、なにより学問はおもしろい。

学ぶというのは、知らないことを自らの体に取り入れることで、自分をぐんぐん成長させてくれる。学ぶことで、体もきっと大きくなってゆくにちがいない。

おっかさんは、私の体が小さいことを少し気にしているようだ。

一所懸命、学問に励んで、必ず大きくなろう。

大きな文机の前に座っている師匠の佐由《さゆ》が、すっと右手をあげた。

「今日はここまでにしましょう」

やったあ、終わったあ。これで帰れるぞ。はやく遊びに行こうよ。

そんな声が教場に満ちた。

手習子たちは、自分が使っていた天神机を次々に教場の端に積みあげはじめた。

教場の半分が空になると、掃除だった。よくしぼった雑巾で、縁《へり》のない野郎畳をふいてゆく。

四人の男の子を含め、手習子は二十五人もいるので、三十畳はあるといっても、教場はあっという間にきれいになる。

「みんな、ありがとう」

教場を満足げに見渡して、佐由が礼をいった。

「みんながいつもいつもがんばって掃除してくれるから、私はとても助かっているわ」

「お師匠さんのためなら、あたしたちはがんばれるの」

最も年上で、十一歳のおかなが胸を張っていった。

「そうよ、いつもあたしたちのことを一番に考えてくれているお師匠さんのためなら、掃除だって楽しいわ」

一つ年下のおゆのが言葉を添える。

「ありがとう。そういうふうにいってくれると、私、涙が出そうになっちゃうわ。手習所をひらいて、本当によかったたって思えるわ。みんなに会えて、本当によかった」

佐由は実際に涙ぐんでいる。赤くした目をしきりにぬぐっていた。

お師匠さんはとても涙もろい。子供ならともかく、大人であれだけよく泣く人はほかにいないだろう。

おっかさんによれば武家の出ではないかとのことだが、お侍の娘でもあそこまで涙もろい人がいるなど、驚きだった。自分の考えていた武家とはだいぶ異なる。

でも、とお咲希は思った。涙もろいのは決して悪いことじゃない。

「お咲希ちゃん、まっすぐ帰るの」

仲よしのおくみにきかれた。目は細いが、いつも瞳がきらきらと輝いている。好奇の心がとにかく強いのだ。ただ、性格はとても素直で、お咲希は、この子とは気が合うと感じている。

「ううん」

「じゃあ、これから一緒に遊ぼう」

「うーん、今日は駄目なの」

おくみが眉を曇らせる。

「用事でもあるの」

「うん、用事といえば用事なんだけど」

「どんな用事なの」

「えーと、あまりたいしたことじゃないんだけど」

「いつ終わるの」

お咲希はなんと答えようか、迷った。

「いつ終わるか、わからないの」

「そう」

おくみは少し悲しそうだ。いきなり咳きこんだ。

「大丈夫」

「平気よ」

おくみは少し赤い顔をしている。

「明日はどう」

「明日は大丈夫よ」

「そう。じゃあ、明日は一緒に遊ぼう」

「うん」

「約束よ」

「もちろんよ」

「じゃあ、これでね」

「うん、さよなら」

さよなら、と手を振って、おくみが教場を出てゆく。

その背を追いかけるように、お咲希も外に出た。雨こそ降っていないが、重く垂れこめた雲が空を覆い尽くしているのは朝と変わりない。

空は暗く、夕方のような雰囲気になっている。町屋や商家の軒下やせまい路地の入口など、そこかしこに白い靄のようなものが滞っている。人が通りすぎるとそれにつれてゆっくりと動くが、風が吹いてすぐに隙間を埋めてしまう。

振り向くとおくみの姿は靄に包みこまれ、すでに見えにくくなっている。

ごめんね。

お咲希は霞んでいる背中に謝ってから、おくみとは逆の方向へと足を踏みだした。早足で歩きだす。

傘の用意はない。雨に降られて長屋に帰るのは、できれば避けたかった。なによりおっかさんに心配をかけたくない。

目当ての場所に着いた。

腹を下から突きあげるような鋭い気合が届く。

最初、これにはびっくりした。でも今はもう慣れた。

竹刀を打ち合う激しい音もする。まるで自分が打たれたように、お咲希は首をすくめそうになる。

いつもいつもすごいなあ。

お咲希がこの道場にやってくるのは、久しぶりだった。千勢と一緒に来て以来ではないか。

ふだんと変わらず、十名近い町人たちが格子窓に群がっている。そこから稽古をのぞきこんでいるのだ。女はおらず、すべて男である。

町人の剣術熱は相変わらず高く、道場に入門する者はあとを絶たない。ここにいるなかにも、入門しようと思っている人がいるにちがいない。

お咲希は一番うしろに並んだ。だが、背が低いせいでなにも見えない。背伸びしてもなんにもならない。

「おっ、剣術好きのかわいい女の子じゃないか。久しぶりだな」

一人の町人が気づいた。この男はよくここに来ている。若くて遊び人風で、なにをしているのかわからない男だが、気はいいようで、にこにこと常に笑みを絶やさない。

「そんなところじゃ見えないだろう。こっちに来な」

ちょっとごめんよ、通らしてくんな、といってお咲希の手を引っぱり、格子窓の前に連れてきてくれた。

「ここならよく見えるだろう」

「おじさん、ありがとう」

「おっと、おじさんはやめてくれ。俺はまだそんな歳じゃない」

「じゃあ、なんて呼べば」

「名で頼む。俺は吉造《きちぞう》というんだ。お嬢ちゃんは」

お咲希は名乗った。

「お咲希ちゃんか。よくここに来るな。入門を考えているのか」

「ううん」

「じゃあ、どうして」

「稽古を見るのが好きなの」

「ふーん、そうか」

「吉造さんはどうして」

「俺は入門を考えている」

「いつ入るの」

「わからないな」

視線は、栄一郎を探している。すぐに見つかった。面で顔は隠れているが、お咲希にはわかる。これまで何度も見に来ている。見まちがえるはずがない。

栄一郎は、大柄な男を相手に稽古をしていた。十二の栄一郎とはくらべものにならないほどがっしりとした体格をしている。

竹刀もはやい。だが、栄一郎はよく見えているのか、ことごとく打ち返している。体の大きさがちがいすぎて、さすがに反撃に移ることはできないが、かなり健闘しているのはまちがいない。

やっぱり水嶋さまはすごい。おっかさんもいっていたけれど、素質は相当のものなんだわ。

大人と稽古をしているのも、見こまれているからだろう。

お顔を見たいなあ。はやく面を取ってくれないかしら。

「ずいぶんと熱心に見てるなあ、お咲希ちゃん」

吉造が笑いかけてきた。

「好きな男でもいるんじゃないのか」

「そんなこと」

「ないっていうのか。でも視線が正直、やけどするくらい熱いぜ」

冷やかされながらも、お咲希はその場を離れなかった。

夕刻が近くなり、江戸の町はさらに暗くなった。

「お咲希ちゃん、そろそろ稽古も終わるぜ。それに、はやく帰らないと、おっかさんが心配するぞ」

吉造が空を見あげる。

「それに、ますます雲が垂れこめてきやがった。降るかもしれないぞ」

確かに吉造のいう通りだ。稽古を終えた栄一郎のあとをついてゆくのが、お咲希のひそかな楽しみだったが、今日はあきらめなければならないようだ。

「お咲希ちゃん、どこに住んでいるんだい」

吉造にきかれ、お咲希は本当のことを答えるべきか考えた。

吉造さんは悪い人じゃないわ。多分。

「音羽町のほうよ」

「そうか。ならそんなに遠くないな」

「ええ」

「一人で帰れるな」

「もちろんよ」

「遠くなら送っていってあげようと思っていたんだ」

「そうなの」

「ああ。俺ってやつは、このあたりでは親切で名が通っているんだ。それに、ほら、最近は変なやつが多いからな。お咲希ちゃんみたいなかわいい女の子に、悪さをするようなやつのことだ」

あまりきいたことがないが、そんなことをいわれて、お咲希は帰路が怖くなった。

「なんだい、急に心細そうな顔になったな。送っていってやろうか」

「いいわ」

じゃあこれで、といってお咲希は体をひるがえしかけた。最後に格子窓から栄一郎の顔を見ようとしたが、残念ながら見つけることはできなかった。

五

倉田佐之助をお縄にする。

これこそが湯瀬直之進の気持ちにがっちりとした綱をつける最良の手立てであると、南町奉行所の定廻り同心である樺山富士太郎《かばやまふじたろう》は確信している。

そうなんだよねえ、ほかに手はないんだよねえ。

しかし、佐之助の行方は杳《よう》として知れない。まるで今日の天気みたいに、靄や霧に包まれているかのように、居場所がつかめないんだよねえ。

いったいどこに隠れているのかねえ。

だが佐之助の性格からして、隠れるなどということをするはずがない。今も江戸の町を闊歩しているのではあるまいか。

それなのにつかまえられないっていうのは、腹が煮えるねえ。

ほんと、どこにいやがるのかねえ。

とっつかまえたいよ。はやくその瞬間を手にしたいよ。

おいらにつかまったとなったら、あの男、どんな顔をするかねえ。

――待てよ。

今、思いつくなど、町方としてどうなのかと思うが、佐之助をおいらがつかまえるのにはどうしたらいいのかねえ。

腕がちがいすぎるからね。なにか方策を考えなければいけないねえ。

やっぱり手は一つかねえ。それしかないようだねえ。

おいらはじかに佐之助をとっつかまえることはできない。それははっきりしているんだよね。そうなのであれば、すべてのお膳立てをしてから、直之進さんにご登場を願うしかないよねえ。

直之進さんなら、佐之助を倒してくれるだろう。

でも、きっとすごい闘いになるよねえ。まさに死闘っていうやつだろうね。

直之進さん、大丈夫かな。

大丈夫に決まっているだろう。おいらはいったいなにをいっているんだい。

富士太郎は頭をこつんと叩いた。

「旦那、どうかしましたかい」

前を歩いている中間の珠吉《たまきち》が、振り返ってきく。

「ちょっとね」

富士太郎は無駄とは思いつつ、言葉を濁した。

珠吉がにんまりと笑う。目尻や唇の脇などに深いしわができて、ああ、本当に歳を取ったんだねえ、と富士太郎はどこか寂しいような気持ちを抱いた。

「また湯瀬さまのことを、考えていたんですね」

やっぱり見抜かれたねえ。珠吉に隠しごとはできないね。

「そうだよ、悪いかい」

「悪いなんてこと、ありゃしませんよ。旦那がなにを考えようと勝手だし、なによりあっしにとめるすべなんか、ありゃしませんからね」

「なんだい、今日はずいぶん冷たいい方をするね」

「冷たいですかい」

「冷たいよ。なにか突き放したいい方じゃないか」

「そうですかねえ」

珠吉が首をひねる。

「あっしは、そうは思わないんですけど」

「珠吉がそういうふうに思ってないのなら、いいや」

珠吉が前を向き、しっかりとした足取りで進んでゆく。そのあたりには、歳などまったく出ていない。富士太郎のよく知っている珠吉そのものだ。

町には、さまざまな人があふれている。散歩をしている隠居らしい年寄りや、群れをなして遊んでいる子供、商売に励んでいる物売り、得意先に納品をする商家の手代に丁稚、なにが楽しいのかあたりをはばかることなく嬌声をあげている若い女たち、買物にやってきたらしい裕福な身なりをしている母娘、地方から江戸見物にやってきて見るものすべてに首をめぐらしている者、参勤交代で出府し、名所に足を伸ばそうとしている勤番侍、托鉢《たくはつ》をしている僧侶、行き場のないような顔つきをしている遊び人や浪人者。

昨日のどんよりとした曇り空は一変し、今日は見事に晴れている。雲一つないといっていい。きのうのあれだけの雲は、いったいどこに消えたのか。

「旦那、湯瀬さまのなにを考えていたんですかい」

富士太郎は伝えた。

「ふむ、佐之助をつかまえるときに助太刀を頼むってことですか」

珠吉が顎をなでさする。

「あっしらだけでとっつかまえられれば、それが一番なんでしょうけど、この前もしくじっていますからね」

佐之助が、直之進の元妻である千勢の長屋に出入りしているのがわかり、富士太郎は町奉行所の上の者に網を張るように進言したのだ。

そして佐之助は実際にあらわれた。

もっとも、富士太郎にしてみれば、佐之助は町方が捕縛の態勢を用意万端取っていることを知って、姿を見せたとしか思えなかった。

あの男は、はなからおいらたちをなめきっていたんだ。

千勢の店を訪れた佐之助は、自信満々に長屋の路地に出てきた。町方はいっせいに襲いかかったが、佐之助はあっさりと逃げていった。

その腹いせに奉行所の上の者は、佐之助をかくまったという罪を千勢に着せ、牢に放りこんだのだ。

あのときは肝が冷えたねえ。直之進さんの大事な人を牢に入れちまうことになるなんてさ。

富士太郎は千勢がすぐに娑婆に出られるように、尽力した。その甲斐あって、そんなにときがかかることなく、千勢は店《たな》に戻ることができた。

あのときは考えが足りなかったねえ。佐之助をつかまえる、そのことに目がくらんでいたんだねえ。まさか千勢さんがとらえられてしまうなんて、夢にも思わなかったよ。でも佐之助を取り逃がしたら、ふつうそうなっちまうよねえ。おいらはさ、大局が見られるようにならないと、いけないね。人として、もっと成長しなきゃね。そうすれば、まわりが今よりずっと見えてくるにちがいないよ。

そうなったら、どんな景色が目の前にひろがっているんだろうかね。楽しみでならないよ。

「佐之助をとらえるとき——」

珠吉が話を続けている。

「湯瀬さまに頼めれば、取り逃がすなんてことはまずないんでしょうけど、今度は新たな心配が出てきちまいますねえ」

「直之進さんのことだね。そいつはおいらも案じるよ。一度やり合って勝っているらしいから、今度も直之進さんの勝ちは疑えないだろうけど、直之進さんも無傷ではすまないだろうからねえ」

「それなんですよね。番所以外の人に頼んで、傷を負わせる。しかもかなり重い傷になってしまうでしょうから、そのあたり、気が重いですねえ」

「やっぱりおいらたちだけでとらえるしかないのかね」

「とらえたいのはやまやまですけど、無理なんじゃないかって気がしますね」

「直之進さんに匹敵するような遣い手が、番所内にはいないのかい」

「いませんよ」

珠吉がきっぱりといいきる。

「前はいたかもしれませんけど、今の番所には湯瀬さまや佐之助並みの腕を持つ者など、期待するのはまったくもって無理でしょう」

「珠吉、ずいぶんとはっきりいうね」

「こんなことで、言葉を濁しても仕方ないですからねえ」

珠吉が気づいたように振り向き、富士太郎を見つめた。

「どうしたんだい、珠吉。ずっとおいらなんかを見ていると、頭をどこかにぶつけちまうよ」

「そんなしくじりはしませんよ」

珠吉が楽しそうに笑う。実際に米俵を山のように積んだ大八車を、ほとんど前を見ることなくあっさりとよけてみせた。

「珠吉、すごいねえ。頭のうしろに目がついているみたいだねえ」

「勘ですよ」

珠吉がこともなげにいう。

「それよりも旦那はどうなんですかい」

「どうってなにが――」

「旦那は確か、剣の素質はかなりのものだってきいたことがあるんですけど」

「おいらかい」

富士太郎は鼻の下を指先でかいた。

「昔、師匠だった道場主に素質をほめられたことがあるけど、それからろくに稽古をしていないから、とうに錆びついちまったんじゃないかねえ」

「さいですかい」

珠吉が残念そうな顔になる。

「今から必死に鍛練を積んでも、湯瀬さまや佐之助並みの腕を望むっていうのは無理でしょうねえ」

「無理さ、無理に決まっているよ。なんといっても、直之進さんはすごい腕なんだよ。天才だよ、あの人は。これまでだって、凄腕の者どもを倒してきているんだからね」

道の先に見慣れた暖簾が揺れているのに、富士太郎は気づいた。

「あれ、米田屋さんじゃないか」

「さいですね」

小日向東古川町にいつしか入っていたのだった。

「ちっとも気づかなかったよ」

「あっしもです」

珠吉が恥ずかしそうに鬢《びん》をかく。

「話に夢中になって、どこを歩いているのか、わからなくなっていましたよ。こんなことじゃいけませんや。町方としてまったく情けないですよ」

「そう自分を責めることはないよ。ちょうどいいじゃないか。寄っていこうよ」

富士太郎はことさら明るくいって、暖簾を払おうとした。

「まさか旦那」

背中に珠吉の声がかかる。富士太郎は足をとめた。

「米田屋さんに湯瀬さまがいるんじゃないかと踏んで、わざと足を運んだんじゃあないでしょうね」

「そんなことしないよ」

馬鹿をおいいでないよ、とばかりに富士太郎は手を振った。

「たまたまさ。ほんとだよ、珠吉。信じておくれよ」

「そんなにいわなくても、旦那の顔を見ればわかりますよ。旦那は本当のことをいっています」

「わかってくれればいいんだよ」

胸をなでおろした富士太郎は、なかをのぞきこむようにして暖簾を払った。

「いらっしゃいませ」

元気のいい声が降りかかる。

いろいろな職を紹介する札が壁一面に貼られている土間があり、そこから一段あがったところに畳敷きの間がある。帳場格子で囲いがされていて、そのなかに一人の若い娘が座っていた。

口入屋の土間というと暗いのが相場だが、この店は巧みに外光を取り入れているようで、いつもちょうどいい明るさに保たれている。

「おはよう」

富士太郎はとりあえず挨拶した。娘が、おはようございます、と返す。

「ええっと、おまえさんは」

「おれんちゃんですよ」

うしろから珠吉が、背中を軽くつついていう。

「ああ、そうなのかい。いつもおいらにはおきくちゃんとの見わけがつかないんだよ。おれんちゃん、今日はいい天気だね」

富士太郎はほっとし、笑顔でいった。

「本当にいい天気ですね。でも樺山の旦那、珠吉さん、私はきくです」

「えっ、おきくちゃんかい」

珠吉が裏返ったような声をだす。

「珠吉も当てにならないねえ。それになんだい、その素っ頓狂な声は」

「似ているってのはわかっていましたけど、あっしはもう見わけられるって自信を持っていたんです。でも、それががらがらと音を立てて崩れていきましたよ」

その大袈裟ないい方に、富士太郎は声をだして笑った。おきくも口に手を当て、おかしそうにしている。

「お茶を召しあがりますか」

おきくがいってくれた。

「そうだね。珠吉、じゃあご馳走になっていこうかね」

「ありがたいですよ。あっしは喉が渇いていますから」

「そいつは気づかなくて、悪かったね。年寄りをいたわらないなんて、おいらは駄目だねえ」

「旦那、年寄り扱いはやめておくんなさい」

「そうだったね、珠吉はまだまだ若いんだよね」

「そのいい方も、なんとなくかちんときますね」

「とにかくあがらせてもらおうじゃないか」

富士太郎は沓脱で雪駄を脱いだ。珠吉が続く。

「しかし、年寄りになると、いろんなことに嚙みついてくるね。やっぱり気むずかしくなっちまうんだろうね」

富士太郎は口のなかで、ぶつぶつとつぶやいた。

「旦那、きこえてますよ」

珠吉がおもしろくなさそうに注意する。

「あれ、そうかい。珠吉、耳だけは衰えてないねえ」

「どうせきこえるようにいったくせに」

「珠吉、おいらはそこまで意地悪くはないだろう」

「さて、どうですかね」

「年寄りになると、素直でもなくなっちまうんだね」

珠吉がまたなにかいいそうになったが、富士太郎はずんずんと廊下を進んで、米田屋の居間に入った。

「あれ」

膳を前にしていたのは、平川琢ノ介《ひらかわたくのすけ》だった。

「よお、樺太郎《かばたろう》」

箸を持っている右手をあげた。

「そいつはいったい誰のことです」

富士太郎は琢ノ介の前に正座して、にらみつけた。

「なんだい、ずいぶんと怖い顔、するじゃないか」

琢ノ介が意外そうにする。

「わしが、なにか気に障《さわ》るようなことをいったか」

「いいましたよ」

富士太郎は憤然といい放った。

「それがしの名を、わざとまちがえて呼んだじゃないですか」

「わざとまちがえただと。いったいなんのことだ」

「とぼけないでください。それがしは樺山富士太郎です。樺太郎じゃありません」

「ああ、そうだったか。樺太郎なんて、呼んだのか。そいつは気づかんかった。樺太郎、いや、富士太郎、許してくれ」

「今のもわざとですね」

「そんなことはないさ。わしは、ちと耄碌《もうろく》しはじめておるんじゃよ」

「なに、年寄りのような言葉づかいをしているんですか。まったくもう腹が立ったらありゃしない」

「まあ、富士太郎、そんなに怒るな。怒ると目尻に深いしわができるぞ。直之進にきらわれるぞ」

「えっ、そうですか」

「そうさ。好きな男の前ではできるだけきれいでいたいのが、女心というものなんだろう。まあ、おまえは男なんだが」

琢ノ介が、豆腐の味噌汁を音を立ててすすった。うまいなあ、とほれぼれしたような声をだす。

富士太郎は上目遣いに見た。

「おい、富士太郎、いったい全体なにをしているんだ」

箸をとめてきいてきた。

「だって、平川さんが脅かすから」

「目尻のしわを伸ばしているのか。大丈夫だよ、そんなことをしなくても、直之進はおまえのことをきらわんよ」

「そうでしょうか」

富士太郎は目尻から指を放した。

「前からいっているように、直之進はおまえのことは眼中にないんだ。だから、きらうもきらわないもないんだよ」

「ひどい」

富士太郎は両手で顔を覆った。

「平川さま、樺山の旦那をいじめるのは、そのくらいになさいませ」

米田屋のあるじである光右衛門《みつえもん》が入ってきた。裾をそろえて正座する。富士太郎とうしろに控える珠吉に、よくいらしてくれました、と挨拶した。

「米田屋さん、いぎたなく朝餉をたかりに来る平川さんの出入りを禁じてくださいよお。いつもいつも腹の煮えることをいわれて、それがし、もう耐えられない」

「いぎたないというのは、富士太郎、どういう意味だ」

「言葉通りの意味ですよ」

「仮にも侍に向かって、なんたる言葉を吐くんだ」

「仮にもって、どうせ平川さんは仮の侍じゃないですか」

「おまえ、たたっ斬るぞ」

「平川さま、そんな物騒なことは口にしないでくださいまし」

「しかしこの馬鹿が、あまりに口がすぎるのでな」

「馬鹿って誰のことです」

「決まっておろうが」

「口がすぎるのは、平川さんのほうでしょう。このでぶ侍」

「まあまあ、樺山の旦那も」

光右衛門が腰高障子に視線を投げる。

「娘がお茶を持ってきたようですよ。――おい、はやく差しあげてくれ」

「すみません、お待たせしました」

腰高障子をあけ、富士太郎たちの前に湯飲みを手際よく置いてゆく。

「おきくちゃん、ありがとう」

「えっ、私はれんです」

「えっ」

富士太郎は目をみはった。

「しかし、双子とはいえ、本当に見わけがつかないねえ。でも、直之進さんはつくんだよねえ。そのあたりはさすがとしかいいようがないね」

「まったくですねえ」

珠吉が心からの同意を示す。

「あいつの場合、すけべ心から、見わけがつくんだよ」

「それは、平川さんの場合でしょう」

「樺太郎、おまえはいったいなにをいいたいんだ」

「平川さん、またいいましたね」

まあまあ、と光右衛門があいだに割って入る。

「お茶を飲んで、二人とも、気を落ち着けてください」

「まったくもう、腹が煮えるねえ」

「それはわしの言葉だ」

「平川さん、はやく死んでください」

「なんだと。樺太郎、それが町方役人のいう言葉か」

ふん、とあさっての方向を向いて富士太郎は湯飲みを手に取った。

「珠吉もいただかせてもらいな」

はい、といって珠吉が湯飲みを持ち、そっと傾ける。

「ああ、おいしい」

縁側でひなたぼっこをしている年寄りのような顔つきだ。

「珠吉は本当にうまそうに飲むな」

琢ノ介が感心したようにいった。すでに機嫌が直った顔をしている。

「平川さん、もしかして毎日、米田屋さんに入り浸っているんじゃないでしょうね」

「馬鹿を申せ」

琢ノ介が湯飲みをやや乱暴に膳に置いた。箸置きの箸が転がる。

「せいぜい二日に一度よ」

「やっぱり、そんなに朝餉をたかりに来ているんですね」

馬鹿を申せ、とまた琢ノ介がいった。

「夕餉もに決まっているだろうが」

「威張りくさっていうことじゃ、ありませんよ」

「富士太郎こそ、なにしに来たんだ。まさか一縷《いちる》の望みを懸けて、ここまで来たのではないのか」

琢ノ介の視線が動き、珠吉を見つめる。

「やはりそうか」

富士太郎は鋭く振り向いた。

「珠吉、なにをいったんだい」

「なにもいってませんよ」

「平川さんに、なにか合図したんじゃないのかい」

「してませんよ」

「本当かい」

「本当です」

「それよりも樺山の旦那」

光右衛門が呼びかけてきた。

「たいへんなことが起きたんですよ」

「なんだい。事件かい」

「事件といえば事件ですね」

光右衛門が琢ノ介を射るように見る。なんだい、ずいぶんと厳しい目をするじゃないか、と富士太郎は思った。

「どんな事件だい」

「わしからいおう。実は――」

琢ノ介が二年前に致仕《ちし》した北国の大名家が取り潰しになったというのだ。

「まことですか」

「嘘をいっても仕方あるまい」

いかにも無念そうに琢ノ介がいった。

「でも、どうしてですかい」

それまでずっと無言だった珠吉が琢ノ介にただす。

「それがよくわからんのだ。寝耳に水の出来事でな」

琢ノ介が湯飲みを口に持ってゆく。空なのに気づき、しかめ面をする。

どうぞ、とすばやくおれんが急須《きゅうす》から茶を注ぐ。

「すまぬ」

熱い茶を一口すすり、苦そうな顔で湯飲みを膳に戻す。

主家が消えてなくなってしまう。いくらもう関係ないといっても、やはり地縁、血縁はある。侍にとって、大地が揺らぐような出来事に相違ない。

もうじき、と琢ノ介が小さく口にした。

「もうじき、なんです」

富士太郎はうながした。

うむ、と琢ノ介らしからぬ重々しいうなずき方をした。

「普請方にいたわしの弟が江戸にやってくるんだ。そうすれば、少しは事情が知れるのではないか、と思う」

それはそうだろうが、と富士太郎は思った。御家が潰れたというのは、武家にとって本当に困ることだろう。生活だって、できなくなってしまうのだ。

「平川さんの弟さんは、独り身ではないんですよね」

「ああ、妻に子が三人」

「それはたいへんだ」

「まったくだ」

琢ノ介は苦い物を飲み干したあとのような顔をしている。

「一家五人で、江戸に出てくるんですか」

「そうだ」

「もしや平川さんの長屋に」

「そういうことだ。ほかに行くところはないからな」

琢ノ介が光右衛門を見る。

「米田屋。弟もおぬしを頼ることになると思う。頼む、いい仕事をまわしてやってくれ」

光右衛門が笑顔で胸を叩く。

「お安い御用です。最高の仕事をご紹介しますよ」

ああ、これならとりあえず安心だ、と富士太郎は思った。光右衛門はこういうとき、本当に頼りになる男だ。言葉通り、きっといい仕事をまわしてくれるにちがいなかった。

# 第二章

## 一

二井屋という札差が、島丘伸之丞であることは疑いようがない。

だが、島丘伸之丞はまずまちがいなく武家であろう。

武家が札差になれるものなのか。

そんな疑問が湯瀬直之進にはあるが、考えてみれば、登兵衛も紛れもなく侍である。それが札差の実力者として、組合内には知られている。

登兵衛の別邸を出る前、直之進は登兵衛にたずねた。

株を買ったんですよ、と登兵衛はさらりと答えた。

「誰から」

「札差というのは百九人の仲間から成り立っています。しかし、すべての札差が儲けているわけではありません。旗本衆から受け入れる禄米を担保に、多くの者が金貸しをしていますが、なかには貸し倒れなどがあって、必ず損をする者が出てきます。そういう者が、札差の株を売ったりするのです」

「では、登兵衛どのもそういう者から株を買い、島丘伸之丞も同じことをしたのではないか、とにらんでいるわけだな」

「はい、さようにございます」

「島丘伸之丞の前の、二井屋の主人を知っているか」

「いえ、存じません。手前が札差となったときには、すでに島丘伸之丞が主人となっていました」

「そうか。ならば、元の二井屋のあるじを探しだせば、なにか有益な話がきけるかもしれぬな」

こういうやりとりがあったのち、直之進は和四郎とともに、札差の蔵宿が多く立ち並んでいる浅草の蔵前に向かっている最中だった。

「すごいですね」

和四郎が御蔵を眺めていった。幕府の直轄領から運ばれてきた米が、おさめられる蔵がずらりと並んでいる。

「ここが腐り米の不正の発端となった場所ですね」

和四郎はなにか感ずることがあるのか、遠い目をしている。

「ああ。三人の御蔵役人がふつうに食べられる米を、腐ったものとして横流しをした。その上に、島丘伸之丞がいて、三人を操っていた」

「島丘の上に、さらに老中首座堀田正朝がいるということですね」

「図式としては、そういうことになろう」

「しかし、よくここまできましたね」

和四郎が感慨深くいう。

「まったくだ」

直之進は、右手に見える大川に視線を投げた。魚のうろこのようにきらきら光る水面の上を、おびただしい数の舟が行きかっている。

「最初はなにも見えなかったが、ついに黒幕の姿も視野にとらえた」

「湯瀬さまの働きは、すばらしいものがございました」

「俺など、なにもしておらぬ」

「とんでもない」

和四郎が大仰に手を振る。

「湯瀬さまがいらっしゃらなかったら、手前どもはとうに命を失い、堀田正朝が黒幕であるなどと、決してわからなかったにちがいありません」

直之進は和四郎に視線を転じた。和四郎は再び御蔵を眺めはじめている。

「登兵衛どのは侍で、おぬしがその家臣であるのはまちがいないだろう」

和四郎が顔を向けてきた。

「なにも答える必要はない。独り言だと思ってきいてもらっていい」

直之進は、大川をあがってくる潮のにおいを嗅いだ。どこか懐かしさを覚えるにおいだ。故郷の沼里には狩場川という大河が城下を貫流しているが、海が近いこともあって、同じように潮の香りがよくしていたものだ。満ち潮になったとき、強いにおいがしていたのを思いだす。

「登兵衛どのは、おそらく幕府の役人であろう。どういう役職なのか、そこまではわからぬが、かなり上の者ではないか、と俺はにらんでいる」

「はい」

返事はいいといったが、このあたりが和四郎の人のよさだろう。

「腐り米のことは、安売りの米のことを和四郎どのたちが調べていて、つかんだことであろう。それで、御蔵役人が関わっていることがわかった」

「はい」

「登兵衛どのは、つまり、そういう探索を仕事とする者なのではないか。となると、目付衆ということになろう」

「なるほど」

和四郎が軽く相づちを打つ。

直之進はかまわず続けた。

「登兵衛どのがなんという目付なのかはわからぬ。徒目付《かちめつけ》なのか、大目付の配下なのか、俺は幕府の職制がどうなっているか、ろくに知らぬゆえ」

「はい」

「最初、俺は、登兵衛どのを含む一派には幕府内に政敵がいるものと思っていた。その政敵が不正を行っており、それを追い落とすために、和四郎どのたちが動いているものと考えていた」

「さようでしたか」

和四郎はにこにこと、柔和な笑みを浮かべている。

「その政敵の一番の大物が、老中首座堀田正朝だと思った。しかし、どうやらちがうようだ」

「はい」

「やはりおぬしらは、幕府内の不正を調べあげているのだな。その動きを脅威に感じた者が、登兵衛どのや和四郎どのを亡き者にしようとした。ちがうか」

「湯瀬さま」

和四郎が穏やかに呼びかけてきた。

「これは、湯瀬さまの独り言ということにございましたが」

直之進は拳で額を軽く叩いた。

「そうであった。今のは和四郎どの、意外にいい音がした。忘れてくれ」

「はい、仰せの通りにいたします」

和四郎がおどけた口調でいった。

直之進たちは再び早足で歩きはじめた。

前を行く和四郎の足がとまった。

「こちらですね」

和四郎が見あげているのは、一軒の商家だ。

「ここが二井屋か」

一応、屋根には扁額が掲げられているが、人の住んでいないこともあり、家には覇気というものが感じられない。扁額には今にも落ちてきそうな頼りなさがあり、家というものは人が住んでいないと駄目なのだなあ、という思いを直之進は強くした。

「和四郎どのは、まだなかに入っていないのだよな」

「はい、さようにございます。あるじの登兵衛の手の者が入っただけにございます」

そのことは、すでに登兵衛からきかされている。

「島丘伸之丞がどこにいるのか、手がかりは一切なかったということだったな」

「はい、ものの見事にもぬけのからにございました」

和四郎がほほえみかけてくる。

「なにかな」

直之進は和四郎の笑いの意味はわかったが、あえてきいた。

「ご自身で調べたいというお顔にございますね」

「それはもう」

直之進は目の前の建物を見つめた。

「入れるのか」

ええ、と和四郎がうなずき、懐に手を入れた。なにか黒光りしている物を取りだす。鍵だった。

「許しはすでに得ています」

和四郎が錠をがちゃがちゃいわせて、扉をあける。

どうぞ、といわれて直之進は足を踏み入れた。

そこは土間だった。暗いが、直之進はある程度、夜目が利く。八畳間ほどの広さがあるが、家財らしいものは置かれていない。ただ、暗さだけがでんと居座っていた。

造りはどこか口入屋の米田屋に似ているが、まったく異なるのは、その明るさだろう。米田屋にはいつも光が満ちている。建物の造り自体、よく陽射しが入るようになっている上に、まぶしいほどに美しい双子の姉妹の存在が大きいのだろうが、光右衛門というあるじの性格もよりはっきりと映しだされているのではないか。

足を進めた。

なかは広かった。しかし、やはり暗さばかりが目立つ家だ。

長くいると、気分が陰々滅々となってきてしまう。

なんとなくいやなものを感じたのは、あの妙な剣をつかう遣い手に、この家が似合うような気がしてならなかったからだ。

和四郎が持つ燭台を頼りにすべての部屋をまわり、なにか見つからないかと探してみたが、これはというものを手に入れることはできなかった。

半刻ばかりそこにいて、直之進と和四郎は外に出た。

陽射しがひどく明るく感じられ、目が痛いくらいだった。

「なにもなかったな。和四郎どの、すまなかった、いらぬ手間を取らせた」

「いえ、いいんですよ」

和四郎が気にしていないというように、元気よく笑う。

「湯瀬さまの思う通りにされたらいいのです。あるじからも、よくいわれています」

「さようか。痛み入る」

直之進は頭を下げた。

「湯瀬さま、次はどうしますか」

「打ち合わせ通りにいくしかないな。前の二井屋の主人から、話をきこう」

島丘伸之丞に札差の株を売った男がどこで暮らしているのか、すでにわかっている。

浅草橋場町の裏通りに、男の住まいはあった。なかなか立派な一軒家だった。三家族くらいは、楽に一緒に暮らせそうな広さを誇っている。三角の屋根が陽射しを受けて、白く輝いている。

「ここで一人、暮らしているのか」

直之進は見あげていった。

「そうみたいですね。妻や子はいたらしいんですけど、みんな、病で亡くなってしまったようですよ」

「そうか、それは寂しいな」

歳を取って、一人、取り残されたように暮らしている男に、直之進は哀れみを覚えた。

「でも、心配はいらぬようです」

「どうして」

「ここに通ってくる若い女がいるという話をききました」

「妾か」

「住まわせているわけではないので、厳密に妾といえるのかわかりませんが、金を払っているのは事実のようですね」

「そうか。まだまだ若いんだな」

「ええ。では、まいりましょうか」

格子戸がついている。ごめんくださいまし、と和四郎が訪いの声を発して、戸を引きあけた。からからと響きのよい音がした。

形はさまざまだが、しっかりと磨きあげられた敷石が、座敷があるらしい縁側まで続いている。

直之進たちはそれを踏んだ。足の裏に心地よい感触が伝わってくる。

「相当にいい石をつかっているようですね」

小声で和四郎がいった。

「うむ。さすがに元札差だけのことはあるようだ」

直之進はささやくように返した。

敷石が途切れた。目の前に母屋がある。縁側には陽が当たっているが、腰高障子はほとんどが庇《ひさし》の陰になってしまっている。沓脱石に、いかにも高級そうな雪駄が一足、のっている。

「ごめんください」

和四郎が訪いを入れる。

「はい、はい」

しわがれた声がし、腰高障子があいた。頭が真っ白な年寄りが顔をだす。小さな顔で、どこか梅干しを思わせる丸さがある。おちょぼ口で、愛嬌のようなものを漂わせていた。

「どちらさんかな」

やや胡散くさげな目をして、きいてきた。和四郎が何者であるか告げる。

「ほう、札差の……」

「喜美兵衛《きみべえ》さんですか」

「そうじゃが」

喜美兵衛が縁側にちょこんと座る。背も低く、四尺八寸あるかないかだろう。

「なに用ですかな」

「お話をききたいのです」

「ほう、どんな」

「二井屋の株を売ったときのことです」

双眸がきらりと光を帯びた。このあたりには、札差だった男の残照のようなものが感じられた。

「お座りなされ」

直之進と和四郎は縁側に腰かけた。

「一人暮らしで茶も出んが、勘弁してくれるかな」

「お気づかいなく」

「それでだ、株のなんのことをききたいのかな」

「売ったときのいきさつです」

「わしが売った相手については、知っているのかな。どうやら、そちらのほうに興味があるような気がするのじゃが、わしの勘ちがいかのう」

「勘ちがいではございません」

和四郎が感心したという表情でいう。

「知りたいのは、売った相手についてでございます」

「やはりそうか」

満足したように、顎をなでる。顎ひげはないが、そこにまるで生えているかのような指の動かし方だ。

「でも喜美兵衛さん、どうしてそういうふうに思ったのですか」

「やつが怪しい男に見えたからだ」

「なるほど」

和四郎が相づちを打つ。

「こちらの調べでは、島丘伸之丞という男が二井屋さんの株を買ったことになっていますが、いかがですか」

「わしから株を買ったのは島丘屋《しまおかや》伸之輔《しんのすけ》という男じゃが、どうやら同じ男のようじゃの」

「はい、まさしく」

和四郎がときがもったいないといわんばかりに、すぐさま問いを発する。

「島丘とは知り合いだったのですか」

「そんなことはない。初対面じゃった」

「初対面の者に、株を売ったのですか」

「そうではない。懇意にしていた御蔵役人からの紹介じゃった」

「どなたなのか、お名を教えていただけますか」

「杉原惣八《すぎはらそうはち》さまといわれる」

つい先日とらえた、高築平二郎とともに姿を消した蔵役人の一人だ。もう一人、菊池《きくち》善五郎《ぜんごろう》という男がいるが、この三人で島丘仲之丞のいうなりになり、腐り米と称して米の横流しをしていた。

「杉原惣八さまが、行方知れずになっていることは」

「噂できいた」

「おそらく、すでにこの世の人ではないでしょう」

「なんと」

喜美兵衛が右の眉をあげる。

「しかしどうして」

和四郎が腐り米のことを話す。

「そんなことが。それに島丘屋が関わっているということですか」

「腐り米の横流しをしたいがために、島丘は札差になりたかったのかもしれません」

喜美兵衛がため息をつく。

「わしはもしや狙われたのではないのかのう」

「そういうふうに考える理由があるのですか」

「ああ」

喜美兵衛が、幾筋ものしわができている顎を引く。

「ある日、店を訪れた杉原さまから、いい話があるといわれてな」

それは、ある廻船問屋の話だった。千石船を三艘も所有し、これから新たに二艘増やすつもりでいるとのことだった。

「その二艘の千石船のために金がいる。わしに金をださないか、ということだった。金を貸すというのではなく、廻船問屋の商売をさらに広げるための力を貸してほしいということだった」

「お金はだしたのですね」

「ああ。元金の保証はできないが、必ず儲けは出るといわれた。陸奥のさる大大名の米の回漕を請け負うことが、決まっているという話だった。なにしろ年に六割の利があるとのことだったから、わしはびっくりしてしまった」

「そいつはすごい」

六割が利息として払われるのなら、二年目で元金を取り戻し、さらに利益が出ることになる。

目の前の男は、と直之進は思った。この話を鵜呑みにしたのだろうか。したのだろう。だからこそ、札差であることをやめねばならなかった。

「いくらなんでもうますぎる話だと思った。それで廻船問屋を実際に訪れて主人や番頭に会い、帳簿も見せてもらった。大大名の家中の士というお侍にも会った。廻船問屋が所有するという、三艘の千石船も目の当たりにした。よし、これなら大丈夫と踏んで、わしは金をだした。実際に、一年目に六割の利が払われた」

「ほう」

「それで、さらにあと一艘を建造するための金をださないか、と杉原さまからいわれた。わしは数人の親類から借金をしてまで、金を工面した」

「それで」

「時化《しけ》で次々に船が沈んだという話を、いきなりきかされさる羽目になった。そのためにあっさりと廻船問屋は潰れた。わしがだした金が戻ることもなかった。杉原さまは、こんなことになって申しわけないと頭を下げられたが、そんなことをされても一文にもならん。結局、わしは二井屋の株を手放さなくてはならなくなった」

自嘲するような表情になった。

「株を売り、借金を返して、残った金でこの家を買った。移り住んだのはよかったが、家族がはやり病で死んだりして、わしはここで一人暮らしをすることになった。札差をしているときとは打って変わって、気楽な暮らしを手に入れられたと思えば、まあ、よしとすべきなのかな」

喜美兵衛とわかれた直之進と和四郎は、その後、武家であるはずの島丘家のことを調べてみた。

実際、旗本に島丘家という家はあった。

しかし、こちらはもう二十年以上も前に、改易《かいえき》になっていた。当主は切腹し、一家は離散した。

当主は、千代田城内の普請や工事などを行う小普請奉行の配下だったが、横領が露見したのだ。

当主には跡取りがいた。当時、十五。元服して間もないときだった。名は伸之輔といったが、これが紛れもなく島丘伸之丞にちがいなかった。

伸之輔は剣術道場にも学塾にも通っておらず、親しくつき合っていた友垣は一人もいなかったらしいのが、判明した。

消息を知っている者など、皆無だった。

その日の収穫は、ただそれだけだった。

# 二

夢を見ていた。

夢であるというのは、樺山富士太郎はわかっていた。

なにしろ、うつつではあり得ないことだったからだ。

どこか高級そうな料亭の座敷。黒光りする柱が立派な床の間に、巧みな筆遣いの墨絵の掛軸が下がっている。描かれているのは、今にも飛び立とうとしている鷲だ。

座敷は八畳間で、広々しており、新しい畳の香りに満ちている。

大皿に盛られたお造り、煮物に焼き物が、ところせましと並んでいた。魚や蔬菜だけでなく、猪のものらしい肉も出ており、食い気をそそるにおいが立ちのぼっている。

酒も吟味し尽くされたものが供されており、甘み、こく、旨み、切れ、すべてが申し分ない。こんなにうまい酒を飲んだのははじめてというくらいの代物だ。

そこで富士太郎は、直之進と差しつ差されつ、飲んでいるのだ。

富士太郎の裾はひどく乱れている。自分で見ても、なまめかしい。

「直之進さん、おいしいわねえ。もっと飲んで」

富士太郎はちろりを傾けて、直之進の杯に注いだ。

「ありがとう」

直之進が渋い声で答える。

「直之進さんて、顔だけじゃなくて、声もかっこいい」

「そうかい」

「そうよ」

富士太郎はうっとりと眺めた。

「ねえ、あたし、酔っちゃった」

「いくら酔っても大丈夫さ。ここは泊まっていけるから」

「直之進さん、あたしを酔わせてなにをする気なの」

「決まっているじゃないか」

直之進が力強く抱き寄せる。

「あっ」

声をあげて富士太郎は厚い胸のなかに倒れこんだ。

「――大丈夫ですかい」

いきなり、珠吉の声が耳に飛びこんできた。

富士太郎はあわてて目をあけた。横から珠吉に抱きかかえられている。目の前に地面があった。

「あれ、おいらはいったい」

珠吉が長床几に戻してくれた。

「うたた寝しているかと思ったら、急にふらりと」

「そうだったのかい」

長床几に腰を落ち着けて、富士太郎は見まわした。目をこする。

茶店だった。町廻りの最中、一休みということで立ち寄り、茶と饅頭を頼んだ。夕暮れが迫ってきているが、とてもいい日和で、饅頭を食べながら、ついうとうとしてしまったというわけだ。

「珠吉、おいらが寝ちまったのを見ていたんだろう。どうしてすぐに起こさなかったんだい」

「いやあ、あまりに気持ちよさそうだったもので、つい」

「そうかい、そんなに気持ちよさそうだったのかい」

「ええ。とてもいい夢を見ていたんじゃないんですかい」

「そうなんだよ」

「湯瀬さまですね」

「えっ、わかるのかい」

「寝言で呼んでましたから」

「ああ、そうだったのかい」

富士太郎は夢を思いだした。夢はあっという間に忘れてしまうものばかりだが、今のは明瞭に残っている。

よかったね。また見たいねえ。うつつになってくれないかねえ。

富士太郎は、はっとした。

まさか正夢ってことはないかねえ。きっとそうだよ、そうにちがいないよ。あれは正夢だよ。

ということは、おいらと直之進さんはいつかああいうふうになるってことだよ。ああ、すばらしいねえ。はやくその日がやってこないかねえ。待ち遠しいねえ。待つのも楽しみっていうけど、一日でもはやくそうなったら本当にいいねえ。

「旦那、どうしたんですかい。なにをにやけているんです」

「にやけてなんかいないよ」

「にやけてますよ」

珠吉が笑いをこらえる顔だ。

「どうせまた、正夢になればいいなあとか、考えたんじゃないんですかい」

富士太郎はあっけに取られた。

「さすがに珠吉だねえ。よくわかるもんだねえ」

「当たり前ですよ」

珠吉がぐいっと胸を張る。

「いつからのつき合いだと思っているんですかい」

「そうだねえ。珠吉はおいらが赤子のときから知っているんだよねえ」

「ちがいますよ」

「ちがわないだろう」

「ちがいますって。おなかにいるときからですよ」

「ああ、そうだったね」

富士太郎の心は和んだ。珠吉という中間は、そんな昔から自分のことを見守ってくれているのだ。ありがたいことだった。

　大事にしないといけないねえ。

　富士太郎は珠吉をしみじみと見て、深く思った。

「旦那、なんです、その顔は」

「その顔って、変な顔、しているかい」

「いい男とはいいがたいんですけど、旦那は変な顔じゃありませんよ。でも今、年寄りを哀れむような目で見ていたんじゃ、ありませんかい」

「哀れむなんてことはないよ。敬愛の目ってやつだよ」

「敬愛ですかい。いい言葉ですね。じゃあ、そういうことにしておきましょうか」

「しておくって、本当にそうなんだから」

「ええ、わかりましたよ」

　珠吉が湯飲みを手にし、茶をゆっくりとすすった。目を細めている。

　珠吉が幸せそうにしていると、富士太郎の心も満たされる。

　いつまでもおいらの中間でいてほしいねえ。でも、もう六十だから無理はさせられないし、むずかしいところだねえ。新しい人を見つけなきゃいけないのは、まちがいないんだよね。寂しいねえ。

富士太郎も茶を喫した。湯飲みはすぐに空になった。おかわりをもらおうか迷ったとき、目の前を大急ぎで駆けてゆく若い男がいた。

「玄助《げんすけ》じゃあないか」

富士太郎は声をかけた。呼ばれた男は手綱《たづな》を引かれた馬のように、盛大に土埃をあげてとまった。

「ああ、樺山の旦那」

ほっとしたように寄ってきた。真っ赤な顔に汗が一杯浮いている。肩を激しく上下させて息をしている。

珠吉が茶店のばあさんから水をもらってやった。

「ああ、すみません」

玄助は一気に飲み干した。

「おかわりを」

ばあさんにいう珠吉に、玄助が小さく手を振った。

「いえ、もうけっこう」

玄助が顔をあげる。息づかいはだいぶ戻っている。奉行所づきの小者だけに走り慣れているのだ。

「なにか知らせかい」

富士太郎はただした。玄助が大きく顎を引いた。

「ええ、さようです。殺しですよ」

富士太郎は玄助の先導で急行した。うしろを珠吉がついてくる。よく鍛えられているから平気な顔をしているが、実際はどうなのだろう。老いは確実に体から力を奪うときいている。

しかし、ねぎらいの言葉を口にしたところで、平気ですよ、と珠吉はいうに決まっている。

だから、富士太郎はここ最近、なにもいわないことにしていた。

「あちらですよ」

足をゆるめた玄助が手をあげて指さした。

寺の塀が両側からせまっている道に、人垣が見えている。ほとんどが野次馬のようだが、町からも町役人など、人がだいぶ出ているように思えた。

「ごめんよ、行かせてくんな。八丁堀の旦那が通るよ」

八丁堀というのは効き目があり、野次馬の壁は、砂でできているかのようにあっさりと崩れてゆく。

人垣が消えると、目に飛びこんできたのは、倒れている女の姿だった。夕暮れの陽を浴びて、顔が橙色に染まっている。血の色を連想させた。

女は仰向けになり、白目をむいている。視線は虚空を見つめていた。

「年増といっていい歳だね」

お疲れさまです、と次々に声をかけてくる町役人たちに一つ一つ返してから、しゃがみこんだ富士太郎はつぶやいた。

年増といっても、女は二十代半ばといったところか。目がくっきりとして鼻が高く、男たちが放っておかないような女なのではないか、と感じた。

かわいそうだねえ。年増といっても、まだ若いよねえ。存分に生きてないよねえ。今日、朝ご飯を食べたとき、死ぬなんて、思いもしなかっただろうね。

今日、この人はなにを食べたんだろう。おいしいものだったらいいねえ。少なくとも、それが救いになるからねえ。

いや、全然ならないねえ。どんなにおいしいものを食べたって、生きているほうがよっぽどいいからさ。生きていれば、おいしいものをこれからもおなか一杯食べられたんだものねえ。

無念だねえ。たまらないねえ。きっと仇は討ってあげるよ。

富士太郎は遺骸に語りかけた。

そうすれば、少しは無念が晴れるんじゃないかねえ。成仏はそれからになっちまうかもしれないけれど、いいかい、きっと待っててておくれよ。

こみあげるものがあり、涙が出そうになった。体に力をこめることでなんとかこらえた。

珠吉が横に来た。

「旦那、どうかしたんですかい」

小声できいてきた。

「なんでもないよ」

「なら、いいんですけど」

珠吉は、富士太郎の気持ちはよくわかっている、というような顔をしている。

「どう見る」

富士太郎がいうと、珠吉は女の顔をじっと見た。

「どうやら頭をやられたようですね」

たいした量ではないが、頭のうしろから血が出ているらしく、顔の横の土がどす黒く染まっている。

「殴られたのかな」

「いや、ここに頭をぶつけたんじゃないですかね」

珠吉が寺の塀を示す。

「あっ、ほんとだ」

茶色の塀の色と見わけがつきにくかったが、地面に近いところに、赤子の握り拳くらいの血の痕がついているのだ。

「倒れた弾みにここで頭を打ち、死んでしまったということかい」

「それが最も考えやすいですね」

富士太郎は顔をあげ、町役人の一人にたずねた。

「身元はわかっているのかい」

「いえ、まだです」

町役人が小腰をかがめて答えた。そうかい、といって富士太郎は立ちあがった。町役人に体を向ける。

「事情を説明してくれるかい。殺しときいたけど」

「はい、承知しました」

町役人はそういって、すぐに続けた。

「手前がご説明してもよろしいのですけれど、そちらのお侍からお話をきいていただいたほうがいいような気がします。すべてを見ていらっしゃいますから」

「へぇ、すべてを」

はい、とうなずいて町役人が右手を指し示した。

侍というから大人だと思ったが、寺の塀にくっつくように立っていたのは、まだ前髪を落としていないような若侍だった。もっとも、すぐに元服を迎えてもおかしくない筋骨のたくましさはあり、じき前髪を落とすのはまちがいなさそうだ。

富士太郎は珠吉とともに近づいていった。

「あれ」

若侍から半間ほど離れたところに女の子がいた。それが、千勢と一緒に暮らしているお咲希に見えた。佐之助の訪れを待って、千勢の長屋を張っていたから、お咲希の顔はすっかり覚えている。じっくりと見たが、やはりまちがいではなかった。

「おまえさんは」

富士太郎はお咲希に言葉を発した。

「どうしてここに」

「それは、それがしが説明します」

若侍が前に出て、きっぱりといった。しかし目が赤い。ついさっきまで泣いていたのではないか。

でもしっかりしているねえ、と富士太郎は感心した。目が澄み、とても聡明そうな顔をしている。鼻筋が通り、顎の線がひじょうにきれいだ。厚くもなく薄くもない唇は、ほどよく引き結ばれている。

ちょっと直之進さんを思わせるところがあるねえ。

ただ、どこか無念そうなというのか、後悔しているようなというのか、そういう色が顔に浮かんでいる。

これはなんなのだろう、と思ったが、それもまた若侍に陰を与えており、男の色気を感じさせた。

いいねえ。すごくいい。

たまらず見とれそうになったが、今、自分がどういう場所にいるのか、富士太郎は思いだした。

軽く咳払いし、お咲希ちゃんとはどういう関係なのだろう、と考えつつ、若侍にうなずきかけた。若侍の横に、竹刀に串刺しにされた稽古着らしい包みが置いてある。

富士太郎は振り向いて、珠吉から矢立《やたて》を借りた。

「よろしく頼むね」

できるだけやさしい口調で若侍にいう。

「わかりました」

若侍ははきはきと答えた。声変わりはしており、すでに喉仏がくっきりと見えている。ただ、表情から無念さは消えていない。

「それがし、水嶋栄一郎と申します」

まず名を告げた。その名を富士太郎は紙片に書きとめた。

「道場からの帰り、それがし、三名の浪人者に絡まれました」

「浪人者かい。まちがいないんだね」

「はい、ありません」

横でお咲希がはらはらしながら水嶋栄一郎を見ている。

つまりお咲希ちゃんは、この水嶋って子に惚れているんだろうね。この歳で二人はできているなんてこと、あるんだろうか。今の若い子たちはわからないから、あるかもしれないねえ。

「それで」

富士太郎はやんわりとうながした。

「はい、その三人はそれがしに金を要求してきました」

いわゆる喝《かつ》あげってやつだね、と富士太郎は思った。

「水嶋さんは、そのときどうしたんだい」

栄一郎が恥ずかしげにうつむく。

「応じてしまいました」

「ああ、そうだったのかい」

富士太郎はなんでもないようなことのようにいった。しまいました、という以上、栄一郎が悔いているのは確かなのだ。

「どうして応じたのかな」

しばらく黙りこんでいた。

「つまらぬことで、諍いを起こしたくはなかったのです」

「水嶋さんは財布を差しだしたのかい」

「財布から二朱を取りだそうとして、全部よこしなと腕が伸びてきました。それがしはあらがいました」

「うん」

「そこに、あの女性があらわれ、あんたたち、いったいなにしているのよ、と三人に向かっていいました」

なるほど、そういうことかい、と富士太郎は筋が読めたような気がした。だが、黙って先をうながした。

「引っこんでろ、と浪人の一人が胸を押しました。女性は、なにすんのよ、とその浪人の顔を張りました。激高した侍が頬を張り返しました。ふらりとした女性は背中から倒れこみ、そこの塀で頭を打ちました」

栄一郎は痛ましい顔をしている。お咲希も同じだった。

栄一郎は自らを励ますように頬をふくらませ、息を深くついた。

「女性はそれきり動かず、もしや亡くなってしまったのではないか、とそれがしは思いました。三人の浪人も同じように思ったらしく、あわてて逃げていきました」

「そのとき水嶋さんはどうしたんだい」

「迷いました。三人を追っていこうか、それとも女性を介抱しようか」

「それでどちらを」

「追うほうを選びました。ちょうどこの女の子が通りかかってくれて、水嶋さまと呼びかけてきたので、医者を呼んでくれるように頼んで、それがしは走りだしました」

それでお咲希ちゃんが関係しているのかい、と富士太郎は納得した。それにしても、ずいぶんと都合よくお咲希ちゃんが通りかかったものだね。

もしかしたら、と思ったが、今はそれを考えないことにした。

お咲希はじっとうつむいている。ただ、全身を耳にしているのは、見ていてはっきりとわかった。

「三人を追っていって、そのあと水嶋さんはどうしたんだい」

富士太郎が問いを続けると、栄一郎が肩を落とし、下を向いた。

「見失ってしまいました」

「そうなのか」

「亡くなった女性に申しわけなくて」

また涙が出そうになったようだが、栄一郎はかろうじてこらえてみせた。

「謝らなくてもいいよ」

しかし、と栄一郎が震え声でいった。

「それがしがあんな男たちに金を差しだすような真似をしなければ、あの女性は死ぬことはなかったんです」

そうでもないんだよ、と富士太郎はいいたかった。人というのはそれぞれ寿命が定まっていて、今日こんな理不尽な死に方をしなくとも、いずれ近い将来、その日がやってくるもののようなのだ。

同心としての経験はまだ浅いといっても、毎日のつとめの積み重ねで、これはわかってきたことだ。

しかし、今、そのことを告げても、栄一郎に解することはできまい。

「それで、ここに戻ってきたのかい」

「そうです。女性のことが気になったので」

しかし、戻ってきたら死んでいた。栄一郎の衝撃は、いかばかりだっただろう。

「この女性のことは、水嶋さんは知らないんだね」

「はい。見ず知らずの方に助けていただいたのに、こんなことになってしまい」

そのあとは言葉が続かなかった。無念さが伝わってきた。

「お咲希ちゃん」

栄一郎から視線を離して、富士太郎は呼びかけた。

「おいらのことを覚えているかい」

「はい」

お咲希の目に、やや警戒するような光が宿ったような気がした。それも無理はないだろう。

なんといっても、千勢さんを牢に入れちまった側の男だものねえ。それに、きっと千勢さんが佐之助のことを想っていることも、知っているにちがいないのさ。

「ちょっと失礼するよ」

富士太郎は栄一郎に断ってから、お咲希を少し離れた場所に連れていった。ここでの会話は栄一郎の耳には届かない。

「今の水嶋さんの話、きいていて、ちがうって思ったところはあったかい」

「いえ、ありません」

「じゃあ、おまえさんもすべてを見ていたんだね」

　お咲希が唇を嚙む。

「おっと、思いちがいをしてもらっちゃ困るんだけど、おいらはおまえさんを責めているわけではないよ。ただ、事実を知りたいだけだからね」

　しばらく間を置いてから、お咲希がうなずいた。

「いい子だ」

　富士太郎は頭をなでたくなったが、赤子のような扱いは、お咲希も望んでいないだろう。

「お咲希ちゃん、おまえさん、水嶋さんと知り合いなのかい」

　どうしてこの場にお咲希があらわれたのか、推測はついていたが、確認を怠るわけにはいかない。

「はい」

　小さな声で答えた。

　どんな知り合いかはきかなかった。きかずともわかっている。お咲希は栄一郎をどこかで見かけ、一目惚れしたのだろう。道場がどこかも知っていて、稽古ぶりを眺めることが多かったのかもしれない。

今日も、きっと栄一郎のあとをつけていたのだろう。そうしたら、目の前で栄一郎が喝あげに遭った。はらはらして見守っていたら、今度は惨劇が起きてしまったのだ。

どんな心持ちだったのだろう。こんなに幼いのに、見なくてもいいものを見てしまった。

富士太郎は顔を近づけ、お咲希の桃色の耳に声を静かに吹きこんだ。

「心配することないよ。千勢さんには、おいらのほうからは内緒にしておくから」

「はい、ありがとうございます」

お咲希が意外にしっかりとした口調で答えた。

「でも、あたしからおっかさんには話します。隠しごとはしたくないから」

「そうかい。それならそれでいいんだよ。おいらはとめはしない」

ありがとうございます、とお咲希がまたいった。

ほかにきくことはないか、と富士太郎は自問した。別に見つからなかった。

「珠吉、なにかききたいことはあるかい」

「そちらの水嶋さまにきけばいいのかもしれませんけど」

「ああ、そうか。浪人の人相や身なりだね」

「そういうことです」

「お咲希ちゃん、覚えているかい」

お咲希はしばらく考えこんでいた。

やがて顔をあげ、すらすらと特徴をしゃべりはじめた。

富士太郎は紙片に、一文字も漏らすことなく書きつけていった。

語り終えたとき、お咲希の額にうっすらと汗が浮いていた。

「お咲希ちゃん、ありがとう。ご苦労だったね。助かるよ」

「いえ、なんでもありません」

「もしかしたら、番所の人相書の達者がこの三人の人相書を描きに行くかもしれないから、そのときはよろしく頼むね」

「はい、わかりました」

「お咲希ちゃん、ありがとう。もう行っていいよ」

「えっ、いいんですか」

お咲希が意外そうにきく。

「いいよ」

「あの、亡くなった女性のことはいいんですか」

富士太郎は虚をつかれた気がした。

「もしかして、知っている人かい」

「はい」

「誰だい」

富士太郎はたまらず勢いこんでいた。

「はい、お真美《まみ》さんです」

お咲希がどんな字を当てるか、教えてくれる。

「お真美さんか。お咲希ちゃん、どういう知り合いなんだい」

「お役人は、あたしのうちが料永という料理屋をやっていたことをご存じですか」

「ああ、知っているよ。千勢さんが働いていた店だね。料亭らしからぬ値で、料理を提供してくれた店だってことも知っているよ」

「さようですか」

お咲希が、ずいぶんと大人びた答え方をした。聡明さがうかがえる。

「お真美さんは、おっかさんと一緒に働いていた人です」

「料永で女中をしていたのかい」

「はい」

「今、なにを職にしていたのか、知っているかい」

「いえ」

「どこに住んでいたかはどうだい」

「存じません」

「千勢さんとは、今も親しくつき合っていたのかな」

「わかりません」

「そうか。千勢さんにも話をききに行くかもしれない。帰ったら、そう伝えておいてくれないか」

「わかりましたけど」

お咲希が心配そうな目をする。

「大丈夫だよ。今度は牢になんか入れることは決してないから」

富士太郎はまわりを見渡した。日は大きく傾いて、西の空は真っ赤に染め上げられている。

富士太郎たちのいる道はだいぶ暗くなってきており、そこかしこに暗がりができていた。まだほとんど数を減らしていない野次馬も表情をなくしていた。まるで黒い仮面でもつけているかのようだ。

富士太郎は、お咲希と栄一郎に帰るようにいった。

お咲希は千勢に今日のことを話すといったが、栄一郎も同じだろう。きっと両親にすべてを語るにちがいない。

「お屋敷にあらためて話をききにうかがうかもしれない。場所を教えておいてもらえるかな」

富士太郎がいうと、栄一郎はていねいに伝えてきた。

「ありがとう。気をつけてお帰り」

栄一郎はぐっと歯を食いしばるような顔つきをしていた。なにか決意を秘めた表情だ。

仇討でも考えているのだろうか。

富士太郎は危ぶんだ。やめておいたほうがいいよ、といいたかったが、いったところで侍の子がしたがうとは思えなかった。

それに、栄一郎は心が相当に強そうだ。こういう男は、侍でなくてもおのれの意志を貫き通そうとするのではないか。

富士太郎と珠吉は、背を向けて歩きはじめた栄一郎とお咲希を見送った。栄一郎のあとをお咲希がついていっているが、すでに似合いの二人のように見える。栄一郎がときおり振り返り、お咲希のことを気にかけているのがわかった。

お咲希ちゃんの恋は、すんなりと成就するのではないか。将来、一緒になるのではないか。

富士太郎はそんな思いを抱いたが、考えてみれば侍と町人の娘だ。そうたやすくはいかないかもしれない。

しかし、町人が武家に嫁入りする例など枚挙にいとまがないし、その逆だってけっこうある。

栄一郎が水嶋家の跡継かどうか、きかなかったが、仮にそうだとした場合、お咲希が嫁ぐことになる。やり方はいくらでもあるはずだ。武家の養女となって嫁すというのが、最も広く知れ渡った手立てだろう。

おいらったら、いったいなにを考えているのだろう。

富士太郎は苦笑を漏らした。

二人が一緒になるとしても、何年後の話なのか。今、まじめに考えたところで仕方ない。

それでも、二人が夫婦になるのではないか、という思いは、富士太郎のなかで消えることはなさそうだった。

「いい雰囲気の二人でしたね」

隣町に向かって歩きはじめてすぐ、珠吉がうれしそうにいった。

「悲しくなる事件があったばかりであああいう二人を見ると、心がすがすがしくなりますよ。若いってのはいいですねえ」

「まったくだよ。おいらもあんな頃に戻りたいよ」

「旦那はまだ十分すぎるほど若いじゃありませんか」

「そうでもないさ」

「そんなことといっていると、はやく老《ふ》けますよ。しわが増えると、湯瀬さまが悲しみますよ」

「ついに珠吉までそういうことをいうようになったのかい。ときの流れを感じるねえ」

「あっしがいくら反対しようと、旦那の心は杭を打ちつけたように揺るがないですからね。このくらいはもういってもいいかなって思ったんですよ」

「応援する気はないのかい」

「さすがにそいつは無理ですねえ。湯瀬さまが気の毒ですから」

「そうかい。そいつは残念だね」

「気を悪くしましたかい」

「そんなことはないよ」

富士太郎は天に向かって伸びをした。

「よし、珠吉、今日、最後の仕事に励もうかね」

最後の仕事というのは、お真美の住まいを明らかにすることだった。狙われたわけではないのはまずまちがいないと思うが、それでも万が一、怨恨という筋が考えられないではない。

そのためにはまずお真美の住まいがどこなのか突きとめ、友人や縁者から話をきかなければならない。そうすることで、三人の浪人が浮かんでくるかもしれないのだ。

でも今回の事件に限っては、と富士太郎は思った。怨恨の筋はないだろうね。

今回のお真美の死は、思いがけずに起きてしまったことだ。三人の浪人も、まさかあんなことになるなんて、と狼狽しているのではあるまいか。

「ところで珠吉、ききたいことがあるんだけど、いいかい」

「なんですかい。あっしに答えられることなら」

「喝あげという言葉の由来さ。知っているかい」

珠吉が沈黙する。必死に思いだそうとしているのが、顔つきからわかる。つまり、知っているのだ。

へえ、物知りだねえ。

富士太郎は感心した。黙って待った。

やがて珠吉が口をひらいた。

「旦那、うろ覚えですから、これは確かなことじゃありませんよ。僧侶に関係する言葉だったような気がします」

「ほう、坊さんかい」

「ええ。上方のほうだと思うんですけど、かつらをかぶって遊郭に遊びに来る僧侶を取り締まるために、役人や目明しが本物の髪の毛かどうか、調べたのが由来だときいたような覚えがありますよ。それをかつらあげといったそうなんですけど、もしかしたらちがうかもしれません」

「なるほど、かつらあげが喝あげか。でも、それがどうして金品を脅し取ることになったんだい。——ああ、わかったよ」

「さすがに旦那ですね。めぐりがはやいですよ」

「そんなことはないよ」

富士太郎は照れた。

「目こぼしを願って、お金を差しだしたからだね」

「そういうこって」

お真美の住みかはあっけなく知れた。裏店だった。

お真美は、どうやら奉公先の煮売り酒屋に出向こうとして、栄一郎たちに出会ったようだ。

富士太郎は大家に死を伝えた。

あっという間に長屋中が大騒ぎになった。誰もが声をあげて、嘆き悲しんでいる。なにかのまちがいだろうと、信じようとしない者もいた。

お真美の死顔が思いだされて、富士太郎はまた涙が出そうになった。

賊に対する憎しみが新たになり、きっとつかまえてやるからね、と決意はさらに強いものとなった。

呼んでいるのではないか。

三

佐之助はそんな気がした。

まずまちがいあるまい。

佐之助にはすでに確信がある。

畳の上に上体を起こした。あぐらをかく。天井が消え、壁が目に映る。薄汚れた壁だ。ほこりがうっすらとかかっているようだ。天井との境目の隅には、蜘蛛の巣が張っている。

掃除などろくにしていないから当たり前なのだが、俺も堕落《おち》たものだな、と佐之助は思った。以前の自分なら、もっとまめに掃除をしていた。蜘蛛の巣など、決して許さなかった。

だが、今はちがう。そのくらいかまわないではないか、という寛大な気持ちになっている。

やはり今の俺は、昔の俺とはまったくちがう。

会いたい。その気持ちが、呼んでいると思わせているだけかもしれない。そんなことはあるまい。千勢は俺を呼んでいる。

よし、行くか。

佐之助は勢いよく立ちあがった。蜘蛛の巣が近くに見える。あるじの姿はない。すぐそばで獲物がかかるのを見張っているのかもしれない。

どこにひそんでいるのか、覚らせないなど、蜘蛛のやつもなかなかやるな。

佐之助は隠れ家を出た。もっとも、自分ではここを隠れ家などと思っていない。ただの住みかだ。

夜が明けて、まださしてときはたっていない。ちらほらといくつかの雲が浮いているだけで、空は晴れている。陽射しをさえぎるものなどほとんどないが、のぼったばかりの太陽には勢いはなく、そこかしこに夜の名残のような暗がりが残っている。

靄のような白いものも、ふわふわとあたりに漂っている。風の加減なのか、靄があるところとないところがあり、足を急がせる佐之助が通りすぎると、すいと路地に吸いこまれて消えてしまう。

行きかう者は、すでに多い。蜆売りや納豆売り、豆腐売りに魚売り、塩売り、こんにゃく売り、梅干し売りなど、朝餉のための行商人の姿が目立つ。蔬菜の入った籠を担いでいる百姓らしい者や、卵を運んでいる者もいる。

さまざまな者がいるものだな、と佐之助は感じ入った。皆、その日その日をまじめに暮らしているのだ。

こういう一所懸命な者たちが汗水垂らして働いてくれるから、俺のような半端な者でも生きてゆける。

実にありがたいことだ、と佐之助は強く思った。

少し腹が減っている。だからといって、腹の虫が鳴きだすようなことはない。そのくらいの鍛錬は常にしていた。

音羽町に入った。じきだな、と佐之助の心は騒いだ。

ここまで来るあいだ、もっと早足で歩きたかった。だが、なかなか着かぬな、というもどかしい思いもまた、楽しいものに感じられていた。

甚右衛門店に通ずる道に折れる。胸の高鳴りはさらに強まった。

甚右衛門店の木戸が見えてきた。背後をつけてきている者はいない。それには確信がある。

長屋を張っている者はいるのか。これまで視線を感じてはいない。

この前、千勢を牢に入れる羽目になったときは、町奉行所の者が張っていることを承知で千勢の店に入った。どんなに捕り手がいようと、つかまらない自信があったからだ。それは、むろん今も変わらない。

俺を逃がした捕り手たちは、罪人と知りながらかくまったという八つ当たりのような理由で、千勢をとらえた。

無事に出られたのは、とにかくよかった。それだけはさすがにほっとする。

佐之助は誰も張っていないことを確かめたのち、木戸をくぐった。

路地に足を踏み入れる。

低い陽が斜めに射しこんで、明るさに包まれつつある井戸端では、三人の女房がしゃがみこみ、たらいをつかって洗濯していた。かしましくおしゃべりをしていたが、佐之助に気づくと口を閉じ、興味深げな視線を送ってきた。

佐之助が軽く会釈すると、あわてたように、おはようございます、と口をそろえて挨拶してきた。

俺が町方に追われた男だと気づいていない。

佐之助は千勢の店の前に立った。腰高障子を控えめに叩く。

はーい、と女の子の声がして、小さな影が障子に映った。腰高障子が横にゆっくりと動いてゆく。

「おじさん」

お咲希が大輪の花のような華やかな笑顔を見せた。

相変わらずかわいいな、と佐之助は思い、じっと見た。

お咲希が顔を赤くする。

「そんなに見つめられると、恥ずかしい」

両手で頬を押さえる。

「別に恥ずかしがることはない」

千勢が立ってきた。穏やかな笑みを見せているが、瞳が娘のようにきらきらと輝いている。

美しい、と佐之助は胸を打たれたような気持ちになり、目を離せなくなった。

「お入りになって」

静かにいわれ、佐之助は、ああ、といった。喉がつまったような声が出た。口に拳を当て、咳払いする。

「おじさん、おっかさんに会って、緊張しているみたい」

「そんなことはない」

佐之助は土間に入った。腰高障子を閉めようとして手を伸ばしたが、お咲希のほうがはやかった。

「すまぬ」

「おじさん、こんなことでいちいちお礼をいうことなんかないの」

「すまぬ」

「謝ることもないの」

お咲希が見あげてきた。不意に抱きついてきた。

「どうした」

「おっかさんのいう通りになったから、うれしくて」

「どういうことだ」

「あたし、おっかさんにいわれて祈ったの。おじさん、来てって。そうしたら、こうしてやってきてくれた」

そうだったのか、と佐之助は思った。しかしお咲希の願いも届くとは、夢にも思わなかった。

ちがうのではないか。

佐之助は気づいた。

なるほど、千勢もお咲希と一緒に俺に呼びかけてきたのだ。その声が俺に届いたのだろう。

千勢が柔和に笑っている。佐之助がすべて解したことを、わかったという顔をしていた。

「お座りになって」

千勢にいわれ、佐之助はすり切れた畳の上に腰をおろした。

「今、お茶をいれます」

千勢が土間にたち、うずめておいた炭を取りだしている。やがてぱちぱちと薪がはぜる音がきこえてきた。

頑丈そうな鉄瓶をかまどにのせて、千勢が戻ってきた。お咲希の横に正座し、じっと佐之助を見る。

「それで、なにがあった」

佐之助はお咲希にただした。

お咲希がごくりと唾をのみこんでから、説明する。

「ふむ、おととい、水嶋栄一郎という若侍が喝あげに遭ったのか」

「はい。水嶋さまは責任をお感じになっていて、昨日から犯人探しをはじめたようなんです」

お咲希は必死な目をしている。惚れているのだな、だからこんなに一所懸命なんだな、と佐之助は思った。

お咲希の気持ちはよくわかる。この俺も、千勢のために今、動いているからだ。

できれば自分も手伝いたいと、お咲希は考えている。

それにしても、お咲希はどうして水嶋栄一郎がそんなことをしているのを知ったのだろうか。

おそらく、と佐之助は思った。水嶋屋敷まで行き、栄一郎のあとをつけるといったことまでしたのだろう。

危ない真似をする。もし栄一郎が三人の賊に遭遇してしまったら、お咲希もただではすまないかもしれない。

佐之助はその思いを面《おもて》にあらわすことなく、お咲希を見つめた。

そういうことか。

佐之助は土間にいる千勢をちらりと見やった。

そのお咲希の危うさを知ったからこそ、千勢は俺を呼んだのだ。

「おとといは、本当は手習所のお友達と遊ぶ約束をしていたの。でもその子が風邪を引いてしまって休んだから」

それで、手習所が終わったあと、水嶋栄一郎の様子を見に行ったのだ。

湯がわき、千勢が茶を持ってきた。

「どうぞ」

佐之助の前に湯飲みを置く。

「ありがとう」

佐之助は茶をすすった。やはり茶には気持ちを落ち着ける効能がある。長屋を前にしたときの、どきどきした気持ちは消えていた。

「佐之助さま」

千勢が呼びかけてきた。

もしや、名を呼ばれたのははじめてではないか。

佐之助は、心が震えるような気持ちを抱いた。

こんなことで舞いあがっちまうなんて、ざまあねえな。

自嘲気味に思ったが、佐之助は喜びを抑えきれない。

「なにかな」

声が震えないように注意して、きき返した。

「朝餉は」

千勢が小首をかしげてたずねる。

「いや、まだだ」

「支度します」

千勢が再び立ちあがる。

「いや、かまわんでくれ」

「食べてほしいんです」

「そうか。では、甘えよう」

千勢が土間に立つ。佐之助は千勢から視線をお咲希に戻した。

「お咲希、それで俺になにをしてほしい」

わかっていたが、佐之助はあえてたずねた。こういうことは、はっきりいわせておいたほうがいいような気がする。

「水嶋栄一郎さまの用心棒をつとめてほしいんです」

「お咲希、だが栄一郎どのは承知してはいないわけだな」

「はい」

「ということは、遠くから見守る形でいいのか」

「なにかあったら、すぐに駆けつけてほしいんです」

「そのへんはまかせろ。呼吸はしっかと心得ている」

「じゃあ」

お咲希が顔を輝かせる。頬が紅潮しているが、それが逆に大人びてみえた。

「おじさん、引き受けてくれるのね」

「ああ。お咲希の頼みでは、断れぬ」

「うれしい」

お咲希が再び抱きついてきた。

おや、と佐之助は抱き返して思った。お咲希の重みがだいぶちがってきている。千勢と暮らしはじめて、肉がついてきているのだ。

いい兆しだな。

お咲希がとても幸せなのが、そのことでもわかり、佐之助自身も幸福な気持ちになれた。

満腹だ。

佐之助は腹をなでた。少し食べすぎたきらいがある。千勢は包丁が達者すぎる。

納豆や豆腐の味噌汁、たくあんなど、朝餉としてはまったくふつうのものだが、千勢の手にかかるとご馳走に変わるといっていい。

満足だ。

典楽寺に働きに出かける千勢と、羽音堂という手習所に向かったお咲希を見送って、佐之助は甚右衛門店を出てきたのだ。

今日は陽射しが強く、やや暑い。昨日もそうだった。

昨日、佐之助は下総佐倉に行ってきた。醬油の生産が盛んな町らしく、そこかしこからにおいがしてきた。

印旛沼という湖のように広大な沼が、城の戌亥《いぬい》の方角にあり、穏やかな水面を多くの船が行きかっていた。沼からは多くの魚があがるらしく、網を引いている漁《いさ》り船も少なくなかった。それが店頭に並べて売られ、行商で商ったりされてもいた。

鹿島川という川が城下を流れているが、この川は印旛沼に注ぎこんでいる。この川が佐倉の水運を担っている様子で、醬油樽を運ぶおびただしい数の荷船が河岸につけられていた。

佐之助は佐倉の町を一日かけてまわり、佐倉城主であり、老中首座である堀田正朝の評判をきいてきた。

しかし、これといって、堀田正朝の富裕を支えるものは見つからなかった。あるとすれば醬油だが、それは歴代の佐倉城主に共通するもので、正朝だけに限ったことではない。

正朝の富の源泉がどこにあるのか、それはいったいなんなのか、佐之助はつかみたくてならなくなっている。

これをつかんだら、堀田備中守正朝という男を殺す機会が、必ずめぐってくるのではないか。

そんな気がしてならない。

この勘はまちがいなく当たっている。

富の泉がなんなのか、きっと突きとめてやる。

そして、と佐之助は思った。おまえを仕留めてやる。

ここか。

佐之助は足をとめた。

お咲希が教えてくれた通りの場所に、剣術道場はあった。

格子窓のところに、見物人が多数、集まって、なかをのぞきこんでいる。ほとんどが町人だ。

町人たちの剣術熱の高さをあらわしているのだろうが、それにしても、午前中のこんなまだ日が高い刻限に、いったいどうしてこんなに多くの者たちがたむろできるのか、そのことのほうが佐之助には不思議だった。

いったいに江戸者は隠居がはやいというが、ここにやってきている者たちは、そんな歳ではまったくない。

壮齢という言葉が当てはまる男ばかりといっていい。いずれもここで知り合いになった者ばかりなのか、あの人は強くなるよ、なんとかさまのあの上段からのふりおろしはすごい、受けられる者はそうはいない、なになにさまはじき免許皆伝だ、もうすぐ師範代がなになにさまに変わるのではないか、などと親しげに言葉をかわし合っている。

「水嶋栄一郎というのは、どこにいる」

佐之助は一人の男にきいた。男は明らかに堅気ではないという雰囲気をまとっている。用心棒探しに来たやくざ者のように見えないこともない。

男はちらりと佐之助を見、おっとという顔をした。

「今日は来ていないね」

「そうか」

お咲希がいった通りだ。屋敷にはふつうに帰っている様子だが、道場に来ていないとのことだった。

よし、きっと応えてやろう。

佐之助は決意した。

男として、おなごに頼られるというのは悪くない。気持ちがいいくらいだ。

そういう思いに見事に応えられなくてどうするというのだ。それでは男ではない。

# 第三章

## 一

旗本島丘家の跡取りだった伸之輔。

これが島丘伸之丞であるのは、論をまたない。

まだ十五歳の若侍ということだったな、と湯瀬直之進は思った。元服を終えて、さほどときはたっていなかっただろう。前髪を落とした顔をときに鏡に映しては、希望に胸をふくらませていたのだろうか。

それとも、貧乏旗本ということで、将来に期待などなかっただろうか。

後者のほうが、島丘伸之丞という男にはふさわしいような気がする。

ただし、必ずのしあがってやるという野心だけは、強く胸に秘めた男だったのは、まずまちがいないだろう。

外はもう明るい。腰高障子に木々の影が踊るように揺れている。今日も天気はいいようだ。

昨日の疲れは取れている。たっぷりと寝るのは、やはりいいことだ。睡眠こそ疲労を取る最良の薬だろう。

台所のほうから、今朝もまな板を叩く音がきこえてきている。

今日はなにを食べさせてもらえるのか。

寝起きだが、腹は減っている。健やかな証だ。

直之進は夜具から立ちあがり、着替えをすませた。腰高障子をあけ、廊下に出る。

目の前に庭が広がっている。うっすらと泉水の上を霧が流れている。木々に巻きつくようにわだかまっている群れもあった。風が吹くたび、庭の奥に追いやられるように霧が動いてゆく。あと四半刻しないうちに、晴れてしまうだろう。

霧の上は、霞がかかったような青空が広がっている。

ただ、南のほうから厚い雲が押し寄せてきているのが見えている。午前はもつかもしれないが、午後には雨になるかもしれない。

雨は少し憂鬱だが、このところほとんど降っておらず、江戸の町は埃っぽくなっている。お湿りと考えれば、ありがたいかもしれない。

沓脱で雪駄を履いて庭におり、直之進は井戸に出た。顔をあらう。すっきりとした気分で部屋に戻った。

夜具を片づけ、畳の上にあぐらをかく。再び島丘伸之丞のことを考えはじめた。

家が取り潰しになったあと、やつはいったいどこに消えたのか。その後、どういう人生を歩んだのか。

直之進は知りたくてならない。

島丘家が取り潰されたのはちょうど二十年前ということだから、今、三十五。男盛りといっていいのか。

島丘伸之丞が老中首座堀田正朝の家臣かどうかは別として、麾下《きか》であるのは疑いようがあるまい。

父が横領で改易された小普請奉行配下の旗本の跡取りと、老中首座。この二人はどうして関係を持つに至ったのか。二人はいつ知り合ったのか。

堀田正朝が老中になったあとというのは、さすがに考えづらい。

となると、なる前としか考えられない。どういういきさつで、二人は知り合うことになったのか。

今のところは調べようがない。

なにしろ、家が取り潰しになったあとの伸之輔の消息を知っている者は、誰一人としていなかったからだ。

一人として知る者がいないなど、と直之進は思った。よほど孤独な男だったにちがいない。

誰ともつき合いがなく、まじわらなかったというのは、ふつうの者には解しがたいことだ。誰にも気を許さず、おそらく両親にも心を通わすことなく、十五になるまで生きてきたのではないか。

逆にいえば、それだけの孤独に耐えられるということは、相当強固な心を持っているともいえようか。

俺にはとても真似できぬ。

直之進は、正直そう思った。

いったいぜんたい、どういう精神を持てば、それだけのことができるようになるものなのか。

生まれつき、誰からも相手にされなかったはずはないだろうから、いつからか、やどかりのように自ら殻をかぶったということになろうか。

そのきっかけはなんだったのか。

もともとの性格なのか。

偏屈で狷介《けんかい》。

そういう男は、道場でも学塾でも職場でも相手にされなくなるが、一人も友垣がいなくなるというのは滅多にあることではない。一人くらい気が合う者がいて、その者とつるむものだ。

島丘伸之丞は、その滅多にいない男だったのだろうか。

直之進は腕を組んだ。

あくまでも勘にすぎないが、ちがうような気がする。

一人くらい、親しい友垣がいたのではないか。

やはり調べが甘かったのではないか。自分たちはほんの半日、島丘伸之丞のことを調べたにすぎない。

足りなかった。きっとそうだ。

朝餉の席で、そのことを登兵衛と和四郎に告げた。

和四郎は同じことを考えていたらしく、賛意を示してくれた。登兵衛も、是非ともおやりになってくださいと勧めた。登兵衛の用心棒をつとめる徳左衛門も、きっといい結果が生まれるじゃろう、といってくれた。

直之進もそんな気がした。

朝餉のあと、すぐに登兵衛の別邸をあとにした。

「湯瀬さま、ずいぶんと張り切っていらっしゃいますね」

和四郎が斜めに射しこむ光を浴びて、まぶしげにいう。

「それはそうだ。俺は島丘伸之丞を追いつめたくてならぬ。やつのために、これまでいったい何人の者が死んでいったか。むろん、島丘の先にいる老中首座堀田正朝こそが最大の標的ということになろうが、その前になんとしても島丘伸之丞をとらえなくてはならん」

「とらえるのでございますね」

和四郎が確かめるようにきく。

「そのつもりだ」

直之進はきっぱりと答え、にこやかな笑顔をつくった。

「そうせぬと、和四郎どのたちが困るのではないかと思うのでな。目付としては、やはりほしいのは証人だろうから」

和四郎が苦笑する。

「湯瀬さまは、手前どもが目付だと、すっかり決めつけていらっしゃいますね」

「和四郎どのが、ちがうとも否定せぬのでな」

「いわれてみれば、さようにございますなあ」

和四郎がのんびりという。

「それにしても湯瀬さま、島丘伸之丞の友垣は見つかりましょうか」

「なんとしても見つけだしたい」

「湯瀬さま、手前は母親を見つけられぬか、と思っているのです」

「母親か。島丘伸之丞の人となりを最もよく知っているであろうな。しかし、実家に半年間だけいて、その後、行方知れずということだったな」

「見つけるのは骨でしょうけど、なんとかしたいですね」

「だが和四郎どの、今はどちらかにしぼったほうがよかろうな」

「二兎《にと》を追う者は一兎《いっと》をも得ず、ですね」

「そういうことだ」

「では、やはり友垣ということにいたしますか」

「そうしてくれるか」

「もちろんですとも」

直之進と和四郎は、島丘伸之丞の屋敷があった町にやってきた。

神田小川町である。武家屋敷が軒を並べ、壮観だ。

道もよくととのえられ、塵《ちり》一つ落ちていない。道を行く人はこの刻限、ほとんどなく、静寂があたりを包んでいる。きこえるのは風の音と、梢が騒ぐ音だけだ。

島丘屋敷だったところは、とうに別の旗本が入っている。

昨日は、その屋敷の者や近所に住む者たち、父親の元同僚たち、母親の実家の者に話をきいた。

今日、直之進は、神田小川町界隈で、三十五歳前後の者に徹底して話をきくつもりでいる。

島丘伸之丞と同じくらいの歳の者に話をきければ、きっとなにか得るものがあるのではないか、と思っている。

そのくらいの歳の者は千代田城に出仕している者が多く、話をきくのは無理ではないかとの思いもあったが、実際、出仕できる者は少ないはずだ、という読みが直之進にはあった。

というのも、武家には跡継になれない部屋住がひじょうに多い上、小普請組という職のない者がこれまたたくさんいるのだ。職があるほうが、ずっと少ないのである。

貯えがあって小金を持っている者は遊びに行ったり、買物に出たりするのだろうが、そういう余裕のない者は屋敷でとぐろを巻いていることが多いであろう。話をきくのに、さして不都合は生じないのではないか。

直之進はそんな気がしている。

次々に武家屋敷を当たり、島丘伸之丞と歳が近い者がいれば、話をきいていった。

伸之輔という跡継が島丘家にいたことを覚えている者は少なくなかったが、親しかったという者にぶつかることはなかった。

一日がそれで暮れていった。すでに夜の気配が武家の町には迫ってきている。七つをすぎたあたりから下城してくる侍の姿が目立つようになっていたが、今はもっと増えてきていた。

いずれも供を連れた侍たちで、疲れた顔をしている者が多いが、仕事を無事に終えたという安堵の思いを抱いているのがはっきりとわかる。

仕事があるからこそできる表情で、今日、会ってきた者たちには望むべくもないものだった。

「湯瀬さま、そろそろ引きあげましょう」

「そうだな」

和四郎が小田原提灯に火を入れる。気持ちをあたたかくさせるような灯りがともり、降りてこようとしている夜のとばりに小さな穴をあけた。

直之進たちは歩きだした。足許がよく見えるように和四郎が提灯をやや下げて、先導してくれる。

「和四郎どの、すまぬ」

直之進は頭を下げた。

「湯瀬さま、なにを謝られるのでございますか」

提灯が揺れ、右手の武家屋敷の塀を照らしだした。ここも今日訪れた屋敷だな、と直之進は思った。

「まさか、手がかりを得られなかったことに対してですか」

「俺の見こみちがいだった。これでは一日、なにもしなかったのと同じだ」

「そんなことはありません」

和四郎が真顔で否定する。

「無駄足を踏むのが、探索というものでしょう」

「そういってもらえると、気持ちが楽になるが」

「楽にしたままでいらしてください。探索というのは地味な仕事です。なにも得られなかったということは、まだ調べ方が足りないということなのでしょう」

「では、明日も同じことを」

「手前はそのつもりでいます。一日で結論をくだす気はありません」

「さようか。それをきいて、本当にほっとした」

「それはようございました」

和四郎が晴れやかな笑顔を見せる。

登兵衛の別邸に戻ってきたときには六つ半をすぎ、江戸の町は闇に包まれ、いくら直之進が夜目が利くとはいっても、提灯なしで歩を進めるのはむずかしかった。

空には氷のようにびっしりと雲が寄り集まって、星の瞬きはおろか、月の姿すら見えない。

別邸の付近に人家はなく、明かりがほとんどないこともあって、直之進は鍋底のようになっている夜の最も暗いところを歩いている気分に陥った。

別邸の門をくぐり、母屋に明々ともる灯りを目の当たりにしたときは、地上に顔をだしたような気持ちにさせられた。

「もぐらというのは、毎回こんな心持ちなんでしょうか」

和四郎が笑顔で語りかけてくる。直之進はうなずきを返した。

「ふむ、和四郎どのも同じことを考えていたのか。うむ、もぐらも地面から顔をだすたび、いつもほっとした思いを抱いているのではないかな」

背後できしむ音を立てて門が閉まる。

「湯瀬さま」

四人いる門衛の一人に呼ばれた。

「客人がいらしています」

「客人。どなたかな」

米田屋光右衛門とのことだ。

直之進は母屋に急ぎ、座敷に入った。

「湯瀬さま、お久しぶりにございます」

向かいに腰をおろした直之進に向かって、光右衛門がいった。

「いうほど久しぶりということはないのではないか」

「はて、そうでございましたか」

光右衛門が首をかしげる。えらの張った顔がやけに目立って見えた。

「どうした、米田屋。なにかあったのか」

「はい、言伝にございます」

「誰から」

光右衛門が話す。それをきいて、直之進は驚いた。

「沼里の家中から使者がまいったのか」

「はい。最初、湯瀬さまの長屋に行かれ、長屋の者に、同じ町内の米田屋という口入屋と懇意にしていることを、お使者はきかされたそうにございます」

「それで、おぬしのところにやってきたわけか。使者はなんと」

「はい、誠興さまが、是非とも会いたいとおっしゃっているとのことにございます」

誠興というのは、駿河沼里七万五千石の城主だった男だ。重病の床にあり、せがれの又太郎にすでに家督を譲った。病状があらたまったのだろうか。誠興とは一度会っているが、なにしろ今すぐにでもあの世に召されても驚かないほど、顔色がどす黒く、体はやせ衰えていたのだ。

又太郎ははじめてのお国入りで、今は沼里にいる。

「よし、まいろう」

直之進は刀を手に、すっくと立ちあがった。

「今からいらっしゃるのでございますか」

「まずいか」

「お使者は、明朝にでも、とおっしゃっていました」

「そうか」

となれば、急を要することではないのだ。誠興の病状が急変したということでもないのだろう。

となると、と直之進は座り直して思った。誠興公はいったいどんな用件でお呼びになったのだろう。

頭をめぐらせてみたが、一向に見当がつかない。

「使者は、ほかにはいっていなかったか」

「いえ、別に」

「そうか。しかし米田屋、使者はどうして一緒ではない」

「お使者は行きたいとおっしゃいました。それを手前が帰るようにいったのです」

「なぜ」

光右衛門が頭のうしろに手を当て、苦笑いする。

「なにしろここまで来るのに、お侍と一緒では気がつまりますからな」

光右衛門は、自分や琢ノ介のような浪人者ではなく、あるじ持ちの士のことをお侍といっている。

確かに、自分たちとくらべたら、光右衛門が辟易してもおかしくないほど、四角四面の者が多いような気がする。

その使者は、光右衛門の言葉に応じてよく帰ったものだ。使者の役目は相手にじかに伝えることで、それができず、腹を切った者もいるときいたことがある。急な用事ではないというのが、最も大きい理由だろうが、これは、湯瀬直之進という男が軽く見られているというなによりの証であろう。

だからといって、直之進にはこれを屈辱などと思う気持ちはない。仕えているときは鎖でがんじがらめにされていたが、今は体も心も羽がついているかのように軽い。この境遇を手放し、また主家に仕えようという気には決してならない。

もっとも、直之進は今も三十石の禄を与えられている。捨て扶持のようなものだろうが、いざとなれば、この禄以上の働きをする気持ちを捨ててはいない。沼里の御家には、先祖代々、世話になっている。その恩を返さなければならない。

「わかった。明日、さっそく上屋敷に出向こう」

「よろしくお願いいたします」

まるで光右衛門が本物の使者であるかのように平伏した。

「これで肩の荷が下りましたよ」

光右衛門が心からほっとしているのが、直之進にはわかった。

「おまえさんには珍しい、殊勝な言葉だな」

「なにしろ、湯瀬さまにもし万が一伝わらなかった際には、このしわ腹をかき切ってお詫び申しあげます、と大見得を切ってしまいましたから」

大袈裟にしか思えないが、そうまでいわないと、使者は帰らなかったのだろう。

「では湯瀬さま、手前はこれにて失礼いたしますよ」

「もう帰るのか」

「娘三人に孫が一人、帰りを待ちわびておりますからな。手前のような老いぼれでも、男がいるといないでは、やはりちがいましょうから」

光右衛門が一瞬、直之進をうらみがましいような瞳で見た。

「なぜそんな目をする」

「いえ、湯瀬さまが以前のように繁く足をお運びくだされば、手前もこんな心配をせずによいものをと思っただけにございます。湯瀬さま、おきき流しくださ
い」

「きき流せといわれてもな。こちらの仕事が終われば前の暮らしに戻れるだろう。それに、この仕事を紹介したのはおぬしだ」

「さようでございましたなあ」

「琢ノ介はどうした。入り浸っているのではないか」

「さようにございますけど、今夜は来られないとのことでございました」

光右衛門が小声で、琢ノ介の弟のことを告げる。

「なんと、主家が取り潰しになったのか。いつのことだ」

「ほんの半月ほど前のことでございますよ。手前は、江戸屋敷に出入りの口入屋も存じておりますから、どういう事情だったのか、きいてみるつもりでいます」

「詳しいことがわかったら、俺にも教えてくれぬか」

「承知いたしました」

ではこれで、といって光右衛門は帰っていった。

そうか、琢ノ介の主家が取り潰しになったのか、と直之進はあらためて思った。琢ノ介はどんな気持ちだろう。二年前に禄を離れ、今は自由を楽しんでいる身分とはいえ、さすがに落ち着いてはいられないにちがいなかった。


翌早朝、直之進は和四郎とともに登兵衛の別邸を出た。

夜半から降りはじめた雨は、夜が明けてもやまなかった。さしたる降りではなく、お湿りとしてはちょうどよいと思わせるものではあったが、大粒で、かたさを感じさせる雨だった。

二人とも蓑を着こみ、塗笠をかぶって、ややぬかるみはじめた道を歩いた。

昨夜、光右衛門が帰ったあと、直之進は登兵衛に会い、誠興の使者のことを話した。

和四郎を連れていらしてください、と登兵衛はいった。和四郎はなにかと役に立つ男です、連れていって損はございますまい。

半刻ほどで、沼里の上屋敷に着いた。

がっちりとした門はしまっていた。くぐり戸の横にある窓に向かって、ごめんくださいまし、と和四郎が訪いを入れてくれた。

窓が音を立ててあき、門衛らしい者の目が見えた。

和四郎が用件を伝える。門衛の目が動き、直之進をとらえる。

「湯瀬直之進どのにございますか。お話はきいております。今、お開けいたします」

「かたじけない」

くぐり戸がひらき、直之進は礼をいって抜けた。ついてくるようにいうと、和四郎は素直にそうした。

留守居役の家士に先導されて、直之進たちは玄関から屋敷内に入った。玄関脇に従者たちが待つ部屋があり、そこで和四郎にはまってもらうことになった。

「では、行ってまいる」

和四郎に告げ、直之進は家士の背中を追うように歩を進めた。

参勤交代で勤番侍が国元へ帰っているために人けがあまりなく、上屋敷は閑散としている。

これは、と直之進は思った。誠興さまの病とも関係があるのではないか。屋敷全体に生気がなく、ひどく沈んでいる感は否めない。

途中、家士が替わった。すべて承っております、というような顔をしていた。誠興づきの側近だろう。

以前も通った長い廊下を渡り、直之進は奥に通された。

「こちらにございます。大殿がお待ちにございます」

側近の手によって、松の木が描かれた襖があけられた。薬湯らしい甘ったるいにおいが、霧のようににじみだしてきた。

これは前にも嗅いだにおいだ。誠興は同じ薬湯を飲み続けている。もしかすると、この薬湯のおかげで今も生き長らえているのではないか。

どこかすえたようなにおいも感じられる。ほとんど風の入れ替えのない部屋だろうから、致し方あるまい。

「どうぞ」

側近に静かにうながされ、直之進は敷居を越えた。その場に平伏する。

そんなに広い部屋ではない。目に映る畳は新しいが、薬湯のにおいに消され、かぐわしい香りはまったく感じることができない。

「顔をあげてくだされ」

側近にいわれ、直之進はどうすべきか迷った。

「湯瀬どの、本当にかまいませぬ」

重ねていわれ、直之進はその言葉にしたがった。きっとこの側近は、誠興が最も信を置き、気に入っている家臣なのだろう。

若く、目が聡明そうに輝いている。直之進を見る目に、好意があった。

布団の盛りあがりが目に入った。枕元に十徳《じっとく》を着た医者が正座しており、布団からのびた腕を握っていた。

脈を診ているのだ、と直之進は覚った。

それにしても、まるで枯れ枝のように腕は細く、かたそうだ。今にもぽきりと折れてしまいそうな危うさがある。

「湯瀬か」

はっきりした声音が耳に届いた。

「はっ」

直之進は再び畳に両手をついた。

「近う」

誠興の腕がかすかに動いた。医者が腕を放し、脇にどいた。

「どうぞ」

側近にいわれ、直之進は膝行《しっこう》した。

「もそっと」

誠興の声はしわがれはじめた。気力を振りしぼって声をだしているのが知れた。医者が顔をしかめている。できるなら、声をだすのもやめてほしいと願っている表情だ。

直之進は膝を前に押しだし続けた。

結局、誠興の顔がすぐそこにあるところまで進んだ。

誠興の顔色のどす黒さは変わらなかった。やはり、まだ生きているのが不思議でならない。

「湯瀬」

誠興の指が、直之進の手に触れた。握ろうとしているが、その力はもはやない。

よろしいか、と直之進は側近に目できいてから、誠興の手の平をつかんだ。冷たい。死人のようだ。

だがその思いを面にだすことはない。

誠興がほほえんだ。

「久しいの」

「ご無沙汰いたしました。申しわけなく存じます」

「よい」

一言だけいい、黄色くよどんだ目を閉じた。そのまま眠ってしまったのではないか、と直之進が思ったとき、目をあけた。

「湯瀬」

しわがれた声で呼ぶ。

「わしはもういけぬ。又太郎を頼む。そなたが頼りだ」

「はっ。力の限り、殿のために働かせていただきます」

「頼む」

誠興はまた目をつむった。やや荒い寝息を吐いている。

医者が直之進の横に膝で進んできて、もうよろしいか、といった。直之進は側近に視線を移した。

「ご退出を」

「承知した」

直之進は誠興に向かってもう一度平伏してから、膝であとずさった。敷居際まで来て立ちあがり、側近があけた襖から廊下に出た。

長い廊下を歩きだす。

頬が濡れている。いつしか涙が出ていた。誠興の言葉に対する感激があまりに深く、気づかなかった。

玄関にあと五間ほどというところまで来て、湯瀬どの、と呼びとめられた。

振り向くと、一人の侍がせかせかと近づいてくるところだった。

「田中《たなか》どの」

田中滝之助《たきのすけ》といい、沼里では屋敷が近所だった。同い年で、剣術道場も同じだった。ときに望まれて、稽古の相手をしたものだ。剣術の筋はさほどのものではない。

「江戸詰になられたのか」

直之進は滝之助にたずねた。

「いや、用事があって江戸に出てまいった」

「さようか」

「ちと、こちらに来てくれぬか」

言葉には有無をいわせぬ強さがあった。今来た廊下を戻り、一室に招き入れられた。

「座ってくれ」

滝之助が顔をこわばらせていう。直之進はそうした。

「湯瀬どの、誰かきき耳を立てている者はおらぬか」

真顔でいうので、直之進はあたりの気配をうかがった。

首を振ってみせると、滝之助が安堵の表情になった。

「よかった」

顔を近づけてきた。

「大殿と会われたな」

「うむ」

「殿のことを頼む、といわれたのではないか」

「その通りだ」

「大殿は案じていらっしゃる」

「又太郎さまのことをか」

「うむ。沼里のほうで、家中に不穏な動きがあるのだ」

「どうして」

又太郎さまが跡を継ぐにあたり、すべての禍根《かこん》は絶ったはずだ。

「代替わりの際には、どうしてもいろいろなことが起きるということだ。殿のことではなく、重臣同士の勢力争いといったところかな。血なまぐさい事件も起きている。この前、使番《つかいばん》が斬られた」

「なんと。それも勢力争いに関してか」

「そうだ」

斬られた使番の名をきいたが、直之進の知らない男だった。

又太郎さまなら家中を見事にまとめてみせてくれるはずだが、若い殿さまということもあり、やはり前途は多難なのだ。

又太郎さまの身になにかあれば、と直之進は思った。すぐさま沼里に駆けつけなければならぬ。又太郎さまの力にならねばならぬ。

胸に彫りこむようにかたく決意した。

二

さすがににぎわってやがるなあ。

平川琢ノ介は、板橋の町並みを見渡して思った。

板橋宿に来るのは、ほぼ二年ぶりである。そのときとまったく変わっていない。

なつかしさがないわけではない。故郷を出てきて、ああ、ついに江戸にやってきたんだなあ、と思ったのが、ここ板橋宿に足を踏み入れたときだった。

なにしろ、板橋宿は長いのだ。二十町以上にわたって宿場が続いているのである。こんな宿場は、江戸以外にあるはずがない。

もっとも、板橋宿は一つの宿場で成り立っているわけではない。上宿、中宿、平尾宿にわかれている。

町人だけでなく侍の旅人も少なくない。ほかにも、荷駄を運ぶ馬、人を乗せている馬、駕籠かき、行商人、近在の百姓衆などが街道を繁く行きかっている。

やがて橋が見えてきた。木造の太鼓橋である。橋のたもとに、日本橋より二里二十五町三十三間と記された道標が立っていた。

そんなものか、と思いつつ琢ノ介は橋の真んなかで立ちどまった。往来の邪魔にならないように脇へと寄る。

板橋の名の由来となったといわれる橋だ。二年前は、あまり意識することなくこの橋を渡った。江戸で暮らしてはや二年、今は心に余裕がある。

首を振って、宿場をあらためて眺め渡した。

この橋から江戸寄りが中宿、平尾宿となり、京へと延びるほうが上宿である。旅籠や町屋、寺などが街道沿いを、びっしりと埋めている。空き地などは、まったく見当たらない。

東海道は大井川をはじめとして大河が多く、足留めを食うことが多々あるが、中山道はそんなことは滅多にない。旅人だけでなく、参勤交代の大名行列もこちらを選ぶことが少なくない。だから、こんなにこの宿場は盛っているのだ。

大名行列はなにしろ足がはやいからなあ、と琢ノ介は思いだした。

旅の日数を減らすために、街道を行くときはほとんど駆け足になっていた。朝は、はやいときは八つ立ちも珍しくなかった。八つなど朝ではなく深夜だろう、とよく思ったものだ。

夜は、五つすぎに旅籠に入ることがふつうだった。そんな夜中にやってこられても、食事と風呂はしっかりと供さなければならない。旅籠の者も、さぞ迷惑だったのではないか。

他家の大名も同じことをしているのか、そこまでは知らない。

主家だった大名家がそこまでしたのは、それもこれも、台所の事情が芳しくなかったからだ。正直にいえば、ひじょうに苦しかったはずだ。

しかし、主家ももうこの世にない。そう考えると、さすがに寂寥《せきりょう》の思いが心をよぎってゆく。

故郷に帰る日があっても、城に入っているのは別の大名家なのだ。城に心惹かれることはあっても、大手門を出入りしている者たちになつかしさを覚えることは、決してない。

弟も、と琢ノ介は思った。まさか故郷を出る日がくるとは夢にも思わなかったのではないか。

大名家の改易は、この頃では滅多にあるものではなくなっていた。

だから、よけいに衝撃も大きかったにちがいない。

わしだって、今でも主家がなくなったなど、信じがたいからな。普請方につとめていた弟なら、なおさらにちがいない。

文によれば、弟は今日、江戸に着くことになっている。なにごともなければ、昼すぎには姿を見せるのではあるまいか。

ただし、女子供を連れての旅だ、なにがあるかわからない。慣れぬ旅で子供が熱をだすこともあるだろうし、妻がさしこみなどを起こす場合もあるだろう。

弟だって、そんなに体が強かったという記憶はない。疲れがたまり、旅籠で静養ということだって十分に考えられる。

そんなことになったら、この宿場に着くのは数日後、ということだってあり得るのである。

板橋宿に迎えに来ることは、弟に知らせてはいない。旅の空の下にいる弟に、知らせようがなかった。

だから、琢ノ介は油断せず街道をくだってくる者を、橋の欄干にもたれつつ、じっと見ていた。

すでに何百人という旅人を見送ったが、弟の一家らしい者たちはあらわれない。すでに太鼓橋に立ってから、三刻近くは経過しているのではあるまいか。

ここにやってきたとき、太陽はまだ東の空にあったが、今は中天をすぎ、すっかり西に傾いている。腹も減ってきていた。朝餉は米田屋でもらったが、それ以降、なにも腹に入れていない。

見すごしてしまったか。

琢ノ介は焦りを覚えた。

いや、大丈夫だ。

自らにいいきかせた。

弟に会うのは二年ぶりだし、わしのほうはだいぶ変わってしまったとはいえ、二人きりの兄弟なのだ、目の前を通ったのにわからないということは決してない。あるはずがないではないか。

それでも、琢ノ介は目を凝らした。京の方角からくだってくる旅人のほとんどをにらみつけた。

なんだい、この人は、といいたげな顔で、旅人たちが行きすぎてゆく。

そうか、と琢ノ介は今さらながら気づいた。家族連れだけに注目しておけばいいのだ。

それならだいぶしぼれる。

しかし、相変わらずわしは阿呆だなあ。直之進のやつが、頼りにしないのもわかるような気がするぜ。

剣の腕もさほどいいとはいえない。

もっとも、と琢ノ介は思った。あれは直之進や佐之助のほうがすごすぎるだけだ。わしは十人並み以上はいっている。しかも教えるのがうまい。

だから、中西道場がなくなってしまったのはひじょうに痛い。

平川さまが師範として続けられればいいじゃないですか、といってくれた門人も多いが、土崎周蔵に殺された中西悦之進たちの無念を思うと、あの建物で道場をやる気には、まったくならなかった。惜しいという気もなかった。

だが、このままではいけない。それはよくわかっている。中西道場のあとは、全然働いていないのだ。

口を糊《のり》するためには職を見つけなければならない。

でも、なにがいいかなあ。

琢ノ介はぼんやりと空を見あげた。薄い雲がのんびりと空を横切ってゆく。上宿のほうに建つ旅籠の庭に植えられているらしい木々が風に揺れ、その影が旅籠の斜めの屋根に映っている。梢をかすめるようにして、海鳥らしい鳥が二羽、低い空を飛んでゆく。ゆっくりと羽ばたいているが、風に乗っているのかかなりのはやさで遠ざかってゆく。あっという間に点になり、見えなくなった。

鳥は自由でいいよなあ。わしも自由なんだが、なにか閉ざされている感がないわけではないものな。

なにが理由なのか。

何度考えてみても、答えは同じだ。いったいなにをしたらいいのか、わからずにいるからだ。

やはり、わしには剣術しかないのではないかなあ。腕は関係なかろう。教えるのがうまければ、それが一番いい時代なのではないか。

うむ、自分で道場をひらいてみるか。最初に、いったいどのくらいのかかりが必要なのだろう。

そのあたりのことは、あの狸親父にきいてみよう。古狸だから、なんでも知っているはずだ。こういうときは、ひじょうに頼りになる。

建物の周旋もしているはずだから、道場にふさわしいところをきっと見つけてくれるだろう。

そのときが急に楽しみになってきた。先立つものも、これからちゃんと貯めることにしよう。

よし、やるぞ。

心が浮き立ってきた。

「兄上」

いきなり呼ばれた。

顔を街道に戻すと、日に焼けた弟の顔があった。手甲脚絆《てっこうきゃはん》の旅姿だ。

「弘ノ介《ひろのすけ》ではないか」

すんなりと弟の名が口から出たことに、琢ノ介はなぜかほっとした。

弘ノ介のうしろに、妻の田江《たえ》、それに三人の子供が控えている。

「兄上、どうしてここに」

弘ノ介が満面の笑みになる。琢ノ介には似ておらず、むしろ細身だ。腹も出ていない。長旅のせいもあるのか、頬がすっきりとし、日に焼けて精悍さが増したことで、けっこう男前に見える。

「もしかして、迎えに来てくれたのですか」

「当たり前だ」

琢ノ介は強い口調でいった。

「おまえは、江戸のことなどなにもわからんのだから、わしが案内してやらぬ限り、長屋に着けんだろう」

「着けますよ。江戸にはこれまで三度、来ているのですから」

「なに、まことか」

「ええ、参勤交代で」

しかし、それも二度とない。家族五人で、これからずっと江戸ですごすことになる。

「そうか、それなら迎えに来る必要はなかったか」

「そのようなことはございません」

明るくいったのは、妻の田江だ。

「思いもかけぬ場所で義兄上《あにうえ》にお会いでき、これ以上の喜びはございませぬ」

弘ノ介とはちがい、田江は最後に会ったときよりもだいぶ肥えていた。もともとまん丸い顔をしていたが、今はそれが少し崩れ、小ぶりの饅頭を両の頬に貼りつけたようになっている。潰れたような団子っ鼻に、笑うと目がなくなってしまうところと明るい話しぶりに愛嬌があって、琢ノ介は弟のこの嫁を気に入っていた。

ただ、いつも以上に気持ちが盛りあがっているようで、頬がとても赤い。やはりなんだかんだいっても、江戸に来るというのは、心弾むことなのではないか。

そういえば田江は、江戸への憧れを会うたびに口にしていた。

主家が潰れるなどということは、一生なければそれに越したことはないのだが、こういうことでもない限り、国元に住んでいるおなごが、江戸にやってくる機会を得られるはずがない。

田江にとっては、禄を離れざるを得なかったのは残念だろうが、こうして江戸の土を踏めたということは、最上の喜びなのではないか。

江戸行きも、田江が決めたも同然なのではないだろうか。

「田江どの、元気そうでなによりだ」

「義兄上も、ご息災のようにございますね。少し太られたのではありませんか」

まさか田江にいわれるとは、思っていなかった。

「うむ、江戸の水が合ったようだ」

琢ノ介は、三人の子供に目を向けた。三人とも、つぶらな瞳で見あげている。

いずれも男の子で、上から八歳、七歳、四歳という歳だ。

三人とも、田江の気分が移っているのか、頰を紅潮させている。

「波瑠ノ介《はるのすけ》、奈都ノ介《なつのすけ》、安紀ノ介《あきのすけ》、よく来た。わしのことを覚えているか」

「はい、よく」

一番上の波瑠ノ介がはきはきと答えた。

「そうか。奈都ノ介と安紀ノ介はどうだ」

「覚えています」

奈都ノ介はいったが、安紀ノ介は自信がなさそうだ。

「安紀ノ介は仕方あるまい。最後に会ったのは、おまえが二歳のときだ。覚えているほうがおかしいよ」

安紀ノ介がほっとしたような表情をつくる。三人とも、まん丸い鼻が田江にそっくりだ。

そろそろ夕暮れの気配が、宿場に漂いはじめている。呼びこみに応じて、旅籠の暖簾をくぐる者も増えてきた。

もっとも、ここは飯盛り女で名のある宿場だ。江戸の町から遊びに来る者も多い。暖簾を払って姿を消してゆくのは、旅人ばかりではない。

「腹は空いてないか」

琢ノ介は弘ノ介にただした。

「朝餉は旅籠でとり、中食も旅籠でつくってもらった握り飯ですませました」

「しかし、じき夕方だ、腹が空いていないはずがないな」

「どこかで食べますか」

「うむ、ちょっと歩くが、いいところがある。ついてこい」

三人の子供が、歩くときいて落胆したのがわかった。

「そんなにがっかりするな」

琢ノ介は波瑠ノ介たちに笑いかけた。

「歩くといっても、たいしたことはない。ほんのちょっとよ」

琢ノ介たちは歩を進めだした。振り向くと、板橋が遠ざかってゆく。

あの橋はと思った。弟たちの江戸での新しい旅立ちの橋だ。

弟の弘ノ介は勤勉な性格を買われて田江の水原《みずはら》家に養子に入り、普請方の仕事をつつがなくつとめていたはずだ。

「おい、弘ノ介」

琢ノ介は、ややうしろを歩いている弟を呼び、前に来るように目配せした。

「なんですか」

「どうしてお家は取り潰された」

そのことですかという顔をした。

「末期養子《まつごようし》が認められなかったんです」

「どういうことだ」

「この前、亡くなった義基《よしもと》公に男子がいらっしゃらなかったのは、兄上もよくご存じでしょう」

「うむ、まだお若かったし、ご正室を迎えられたばかりであろう」

「はい。参勤交代で、義基公は国元に戻っておられました。それが急死されたのです。江戸屋敷の者は、末期養子の手続きに入ろうと、老中の役宅を訪ねたのです」

「しかし、末期養子は認められなかった。そういうことか」

「はい。江戸屋敷の者たちは、必死の嘆願を繰り返したそうですが、無為に終わったようです」

「なるほど、そういうことだったのか」

どうして末期養子が認められなかったのか、琢ノ介には納得がいかなかったが、取り潰しに至るいきさつはわかった。

末期養子とは、当主が死んでないことにして養子縁組の手続きを取ることで、何度も取れる手立てではないが、それが認められないというのも、そうあることではない。

どういうことだ。

琢ノ介は自問した。しかし、答えが出るはずもない。

「江戸を発たれる際、殿がいとまごいをしていったはずの老中は誰だ」

「阿部《あべ》播磨守《はりまのかみ》どのです」

幕府内でどういう位置にいるのか、うとい琢ノ介にはさっぱりだ。

「阿部どのの評判は」

「堀田備中守どのの一派ということはきき及んでおりますが、それがしが知っているのは、それくらいです」

「堀田備中というと、老中首座だったな」

最近、きいたような気がする。どこでだったか。

直之進からきいたのだろうか。そうかもしれない。

会えばわかるだろうか。あいつは今も、札差の登兵衛という男の別邸にいるのだろう。

久しぶりに顔を見たい。明日にでも会いに行くか。

「ところで兄上」

「なんだ」

琢ノ介は顔を横に向けた。地平の向こうに太陽が沈まんとしているところだった。田畑や点在する百姓家らしい家々が、赤く染まっている。明日もよく晴れるのが確実な、鮮やかな夕焼けだ。

「きれい」

うしろで田江が声をだした。

「江戸でこんなにきれいな夕焼けを見られるなんて、夢にも思わなかったなあ」

一番上の波瑠ノ介が、二人の弟にそんなことをいっている。

弘ノ介も夕焼けに見とれている。

「弘ノ介」

なんですか、という顔で弘ノ介が顔を向けてきた。

「なにかいいたいことがあったのだろうが」

「ああ、そうでした」

まったく相変わらず抜けたやつだ。これで生き馬の目を抜くといわれる江戸で、果たして生きてゆけるのか。

わしがせいぜい面倒を見てやらねばいかんな。

「国元で妙な噂をきいたんです」

「ほう。なんだ」

「義基公が亡くなる前、おかしな侍が城下にあらわれたそうなんです」

「おかしな侍だって。どこがどうおかしかったんだ」

「畠山《はたけやま》道場にあらわれたそうなんですが」

畠山道場といえば、国元では最高の道場といわれている。主家の流派である採《さい》陰明光流《いんめいこうりゅう》の道場で、これまで剣術指南役を何人も送りこんでいる。

「道場破りか」

「ええ。その侍は、恐ろしく強かったそうで、畠山道場の誰一人として、相手にならなかったそうです。すべての勝負が、ほんの一瞬で終わったそうですから」

「ほう、そいつはすごい」

「家中の士がだらしなかったわけではなく、その侍は本当に強かったようなんですよ」

「強すぎるってところだな」

うなり声をあげるように琢ノ介はいった。

「その強すぎる侍のなにが妙だったんだ」

「一応、面をつけて、勝負をしたそうなんです。戦い終えて侍が面を取ったとき、居並んでいた門人たちがいっせいにどよめいたそうです」

「どうして」

弘ノ介がごくりと唾をのんだ。

「面をつける前の顔と、別人になっていたからですよ」

「どういうことだ」

「さあ、それがしにはさっぱりです」

「侍はその後、どうしたんだ」

「さあ、消息を知っている者は一人もいないでしょう」

「そうか」

「その侍がいなくなった直後、殿が急死されたのです。あの侍は死神だったのではないか、と噂されました」

「死神か」

琢ノ介は思いついてたずねた。

「義基公の死因は」

「風邪をこじらせたものときいています」

「風邪か。誰かに闇討ちされたというようなことはないのだな」

弘ノ介がいぶかしげな表情をする。

「兄上は、まさか例の侍が殿を弑《しい》したのではないか、と」

「わからんよ」

琢ノ介は静かに首を振った。

「ただ、噂というのは、意外に的を射ていることが多い。死神というのは、当たっているのではないか、と思ったまでだ。気にせんでくれ」

歩を進めるたびに暮れゆく町は江戸らしくなってゆき、弘ノ介たちは、人の多さと灯が連なるような明かりのおびただしさにため息ばかりつくようになった。

「ここだ」

琢ノ介は、弘ノ介たちにいった。目の前の建物を指さす。

「ここで今日、晩飯を食う」

「飯屋ですか、ここは」

「ちがう、口入屋だ。米田屋という」

「ああ、本当だ」

建物の横に張りだしている看板を見て、弘ノ介が納得する。

「でも兄上、口入屋が飯を食べさせてくれるのですか」

「そうだ。下手な料亭よりずっとうまいものが出てくるぞ」

「兄上は、こちらの米田屋さんと懇意にしているんですか」

「ああ。身内みたいなものだ」

日が暮れたこともあり、暖簾はかかっていないが、戸はあけられていて、明かりが道にこぼれ出ている。

「ごめん」

琢ノ介はなかに声をかけた。

「はーい」

華やいだ声がし、娘が土間に降りてきた。

「おう、おきく。連れてきたぞ」

「はい、お待ちしていました」

おきくが敷居際まで出てきた。

「きれいな人」

田江がつぶやく。三人の子供は、見とれている様子だ。

おきくが頭を下げる。

「きくと申します。どうぞ、なかにお入りください。今、たらいを用意しますから」

「さあ、入った、入った」

琢ノ介は、五人の背中を押した。こうして米田屋にやってきたのは、光右衛門が連れてくるようにいってくれたからだ。

こちらでしたら、部屋もございますし。

琢ノ介は、その言葉にありがたく甘えることにしたのだ。

少なくとも、と思った。今宵の飯と宿は、手に入れることができた。琢ノ介は光右衛門に感謝してもしきれないほどだった。

「平川さま、なにをしているんです」

光右衛門の声が外まで飛んできた。

「お味噌汁が冷めてしまいますよ」

すでに弘ノ介たちは足を洗い、あがりこんでいる。

「今行く」

怒鳴るようにいって、琢ノ介は戸をしっかりと閉めた。

三

ここか。

佐之助は屋敷を見あげた。

水嶋栄一郎の屋敷は、お咲希のいっていた場所にあった。

もともと地理、地勢には強く、道に迷うことなどないが、ここまで正確に場所を説明できるというのは、すばらしい。

やはりあの娘は聡明だ。こんなことをいうと、千勢に叱られるかもしれないが、女にしておくのは惜しいような気がする。

男に生まれついていたら、利八がつくりあげた料永を引き継ぐことなど、たやすくできたかもしれない。

それくらいなら、別に女の身でもできるか。お咲希は、きっと楽々としてのけてしまうのではないだろうか。

将来が楽しみでならない。お咲希の行く末を見届けたい。

それまでは、必ず生きていなければならぬ。

その前に、自分の行く末はどうなのだ。

千勢とのことだって、さっぱり見えてこぬではないか。

人の心配をしている場合ではない。

心中、佐之助は苦笑するしかなかった。あらためて水嶋屋敷を眺めた。

水嶋家は今、無役である。それはお咲希が知っていた。

佐之助も自分で調べてみた。当主の水嶋忠太郎《ただたろう》は、小普請組に入っている。なかなかの人物であるとの評判をきいた。小普請組ではあまりにもったいない、という話だった。

お咲希が惚れこんでいる栄一郎というせがれの父親だ、不思議な話ではまったくない。

武家屋敷が立ち並んでいるが、向かいは町屋がひしめいている。多くの町人が行きかっているために、所在なげに立っている佐之助が目立つことはない。

佐之助は今日、町人のなりをしている。髷《まげ》もそれなりに変えてある。一応、懐には匕首をのんでいる。

栄一郎は、いつも稽古には朝から出ているそうだ。

もっとも、ここ数日は道場には行っていない。稽古着や竹刀を持ってゆくのは、家の者に余計な心配をかけないためであろう。

元服もまだの若侍が、必死に犯人探しを行う。

お真美という女が目の前で死んだことに対して、栄一郎が受けた衝撃の強さと悔しさを如実にあらわしている。

手助けができればいい、と佐之助としても強く思う。

栄一郎はもうすぐ屋敷の門をくぐり抜けて顔を見せるのではないか。

どんな顔をしているのか。一応、お咲希からきいて、精悍な顔をしているのはわかっているが、はやくじかに目の当たりにしたいという気持ちは強い。

だが、なかなか出てこない。

栄一郎はなにをしているのか。今日は道場が休みなのか。だから、他出の口実ができないのか。

そんなことはなかろう。仮に道場が休みでも、ほかの理由をでっちあげることくらい、造作もあるまい。

苛立っても仕方ない。

自らをなだめ、佐之助は栄一郎が出てくるのをひたすら待った。

やがてくぐり戸があいた。やや小柄と思える若侍が体を折り曲げて出てきた。

あれか。

佐之助はあまり見つめすぎることなく、若侍に視線を当てた。

目がひじょうに澄んでいるのが、まず目を引く。涼やかといっていい。まったくけがれていないような瞳だ。

いかにも聡明そうな顔つきをしている。あれなら、と佐之助は思った。お咲希が惚れるのも無理はない。

鼻が高く、顎がすっきりとしている。かたく結ばれている唇は、本人の意志の強さをあらわしているのだろう。

剣の筋も悪くなさそうだ。両刀を差しているが、腰の落ち方も足の運びもかなりいい。よく鍛えられている。

一度、千勢も道場で目の当たりにしたといっていたが、大人を相手に稽古をしていたとのことだ。しかも対等以上に闘っていたという。

それも、あの姿を見ればよくわかる。いい師匠にじっくりと鍛えられれば、剣客といわれる水準までいってもおかしくない素質を持っているように感じられた。

しかも、稽古は大好きな口だろう。いくら素質に恵まれていても、稽古をなまけるようなやつは、上達しない。

ある程度までは素質でなんとかなるが、そのあとの伸びが一切ない。もし栄一郎が剣で身を立てたいと願っているのなら、今のうちに徹底して鍛えておかねばならない。

それを怠れば、剣客としての栄一郎に将来はない。そのことがわかっているから、道場の師範や師範代は、大人と稽古をさせているのだろう。

だから、と佐之助は思った。すぐに事件を解決に導き、栄一郎を稽古に復させなければならない。

もっとも、仮に剣が駄目になったとしても、栄一郎はきっと学問もできるのだろう。そういう顔をしている。

どうすごそうと、いずれ必ず努力で這いあがってゆく。あまり心配のいらない男といっていいのではないか。

栄一郎は稽古着の入った包みを背に、歩きはじめた。包みには竹刀が刺してある。

あれを持ったまま探索しているのか、と佐之助は思った。そんなことはあるまい。

栄一郎は早足で歩いてゆく。佐之助はのんびりとついていった。どんなに離れても、見失うようなことは決してない。

半町ほどの距離を保って歩き続けた。

五町ほど進み、やがて道場が見えてきた。

稽古に行くのか。

佐之助はいぶかしんだ。

栄一郎は、道場の一町ほど手前で道を右に折れた。

そういうことか。

佐之助もあとに続いた。

二町ほど行くと、左側がひらけた。寺があった。そんなに大きな寺ではないが、門前は町人たちでにぎわっている。台総寺《だいそうじ》と、門に掲げられた扁額には書かれていた。

寺のはす向かいに茶店がある。そこに栄一郎は入っていった。

茶店のばあさんと話をしている。今日もよろしく頼みます、といって栄一郎が路上に出てきた。どうやら荷物を置かせてもらっているようだ。

馴染みの茶店なのかな。

佐之助は首をひねった。

あの歳で馴染みがあるなんて、ちょっと生意気だな。

身軽になった栄一郎がさらに早足で歩きだした。探索への意気ごみが感じられる足の運びだ。

まずどこに行くのか。

佐之助は考えた。

お真美という女を殺した犯人は、三人組の浪人だったと、お咲希はいった。

栄一郎に金をたかるような者が、どこにもぐるものなのか。栄一郎には見当がついているのだろうか。

栄一郎はやくざ者が一家を構えている家に堂々と入ってゆく。

なるほど、やくざ者の用心棒をしているのではないか、と踏んでいるのか。いいところに目をつけるものだ。

やはり頭のめぐりがいいのだ。

大の大人でも、やくざ者の家の敷居を越えるなどできることではないのに、栄一郎はなんでもないことのようにしている。度胸もたいしたものだ。

あの年の頃、俺はどうだったか。あそこまでたくましかったか。

そんなことはまったくない。栄一郎には完全に負けている。あれだけの度胸があるのに、喝あげされて金を渡そうとした。やはり悔いが心に澱《おり》のようにたまっているにちがいない。しばらくなかでやくざ者とやりとりしていたようだが、やがてあきらめて出てきた。一瞬、つらそうな顔をしたが、すぐに昂然と顎をあげ、歩きだした。目に鋭い光が宿っている。

再び佐之助はあとをついていった。

それにしても、と思った。ただついてゆくというのは、かなり疲れる。ここは一つ、と佐之助は決意した。

栄一郎は別のやくざ者の家に入ってゆく。しっかりと訪いを入れ、背筋を伸ばした姿は凜々しさすら覚えさせる。

しかしここも空振りだったようだ。少し疲れたような顔になった。すぐに思い直したようで、また力強く歩きだした。

つと背後を気にしたらしい栄一郎が路地に入った。佐之助も足を踏み入れた。

栄一郎が、路地の真んなかで待ち構えていた。

「なにか用があるのか」

目を怒らせ、鋭い口調できいてきた。

「どうしてそう思う」

一間ばかりの距離を置き、佐之助は穏やかにきいた。

「それがしのあとを、ずっとつけまわしているからだ」

「たまたまとは考えられぬか」

「考えられぬ。おぬしは、屋敷の前にいた。それからそれがしのうしろを離れぬ」

「その通りだ」

佐之助は認めた。

「俺はおまえさんをつけていた」

「どうして」

この問いは、わざと気配を覚らせたときから、きかれるのはわかっていた。すでに答えは用意してある。

「人に頼まれた」

佐之助はそれだけをいった。

「つけることをか」

「ちがう。おまえさんの用心棒をすることをだ。おまえさん、とある事件に巻きこまれたらしいな。その犯人探しをしているそうじゃないか」

どうしてそれを、と栄一郎の唇が声もなく動いた。

「俺はなんでも知っているのさ。とにかく危なっかしくてたまらぬゆえ、用心棒を頼まれたんだ」

「用心棒といったな」

栄一郎が目をすぼめるようにして見つめてきた。近目なのか、と佐之助は思い、すぐに栄一郎にただした。こういうのは即座にきかないと、気持ちが悪い。

「近目などではない。ただの癖だ」

「そうか、安心した。おまえさん、剣の素質はなかなかだが、目が悪くては上達は望めぬからな」

「おぬしに腕や素質がわかるはずもない」

「わかるさ」

栄一郎が、歯を食いしばるように見つめてくる。

いい目をしているな、と佐之助は思った。宿る光に力があるのがなによりいい。

「話を戻すぞ。用心棒などいらぬ世話だが、いったい誰に頼まれた」

「おまえさんの知り合いだ」

「誰だ」

「いえぬ」

「なぜ」

「その人にいうなとはいわれておらぬが、俺がおまえさんに接するとは、まさか思っておらぬだろう。遠くから守ってほしいといわれた」

「それなのに、それがしに気づかれたのか。おぬし、用心棒というが、たいした腕ではないのではないか」

佐之助はにやりと笑った。栄一郎がかすかに息をのむ。

「気づかれたのは、まあ、よかろう。腕を見たいのなら、俺と立ち合ってみぬか」

かまわぬ、と栄一郎が即答し、きいてきた。

「得物はなににする」

「おまえさんは刀をつかえ。俺には脇差を貸してくれ」

佐之助は栄一郎の腰に向けて顎をしゃくった。

栄一郎が目をみはる。

「真剣でやるのか」

「臆したのか」

「馬鹿を申すな」

佐之助はにっこりと笑った。

「いい度胸だ」

近くに寺があり、本堂の裏手が草原《くさはら》になっていた。

人けがまったくなく、勝負をするには格好の場所だった。

風が渡ってゆく。草が次々に辞儀をしてゆく。栄一郎の袴の裾が、わずかに持ちあがった。

栄一郎は刀を正眼に構えている。よく振りこんでいるようで、さまになっている。

どころか、十二としてはかなりの腕だ。同じ頃の自分より、だいぶ上ではないか。そんな気がする。

将来が楽しみなのは、お咲希だけじゃないな、と佐之助は思った。

佐之助は、片手で持った脇差を上段にあげた。

それだけで栄一郎の体がかすかにうしろへ動いた。それに気づいて、必死に前に出ようとするが、足が動かない。そのことに、栄一郎が戸惑っている。こんなことは、はじめてなのだ。

道場に俺並みの腕を持つ者がいれば話はちがうのだろうが、そんなのは望むべくもあるまい。

見えない壁に圧《お》されているのだよ、と教えてやりたい。

その必要はないようだ。すでに栄一郎は覚っている。

そのあたりは、栄一郎という若侍が持つ素直さのあらわれだろう。性格が素直だから、そういうことをはっきりと感じ取ることができるのだ。

今は、目の前に立ちはだかっている高くて厚い壁が少しは見えているかもしれない。先ほどまでは、まったく見えなかっただろう。

佐之助は、脇差をあげているのにも飽きて、下におろした。

栄一郎がまた下がりかける。必死にこらえ、その場にとどまろうとする。

いい根性だ。

心でほめたたえた。

しかし、これからだな。

いくら栄一郎ができるといっても、佐之助から見れば、赤子も同然である。腕は、本物の富士山と江戸にいくつかある、つくりものの富士の山くらいちがうのだ。

「かかってこぬか」

佐之助は静かに声を発した。栄一郎が出ようとする。だが、やはり足が動かない。

つと佐之助は歩きだした。栄一郎の間合に無造作に入りこむ。

栄一郎の体は、かかしのようにかたくなっている。顔には脂汗が浮きだしていた。着物は、汗で粘っこくなってしまっているだろう。目をしばしばさせていた。

なんとか佐之助に向かって刀を振ろうとするが、腕に重しでもつけられたかのように動きは鈍い。

佐之助は栄一郎に体を寄せると、返すぞ、といって腕をすっと動かした。小気味いい音がした。

「えっ」

栄一郎が下を見る。驚きに目をみはる。脇差が鞘におさまっていた。

「そんな」

「これも返そうか」

「えっ」

顔をあげた栄一郎が、唇をゆがめた。刀を佐之助が握っていたからだ。

「いつの間に」

「今さ。ほら」

佐之助は刀を持ち直すと、ていねいに鞘におさめ入れた。

「どうだ、感想は」

栄一郎の目には、すでに尊敬の色がある。

「すごいの一言です」

「見直したか」

「はい」

「用心棒として認めるか」

「それがしには、あまりにもったいなさすぎる」

「遠慮はいらぬ。好きでやっていることだ」

「でしたら、よろしくお願いします」

はにかむようにいった。

「こちらこそな」

あの、と栄一郎がいった。

「お名は」

「ああ、そうだったな」

ここは本名を名乗っておくべきだろう、と判断した。

「佐之助という」

「佐之助どのは武家なのですか」

「まあな」

「どうして町人のなりをされているのです」

「いろいろあるんだ」

「さようですか」

「そのうち、教えてやれる日がくるかもしれぬ」

「では、待つことにいたします」

佐之助は小さく笑った。

「いい子だ」

四

お真美さんが死んだ。

千勢はいまだに信ずることができない。そんなにあっけなく死んでしまうようには、全然見えなかった。

もっとしぶとく人生に食らいつく人のように見えた。

しかも、お咲希ちゃんの目の前で殺されてしまうなんて。

そんなことがあっていいものなのか。お真美だけでなく、お咲希もかわいそうでならない。

お真美が殺されたその光景は脳裏に深々と刻みこまれ、生涯、お咲希から消えることはないだろう。

お咲希は、心の傷にもめげることなく、今日も元気よく手習に出ていった。佐之助に栄一郎のことを依頼できたことで、少しは気が軽くなったのかもしれない。

汗が噴きだしてきていた。千勢は手ふきを取りだし、ぬぐった。

今、典楽寺の本堂の床を雑巾でふいているところだ。外から見るとこぢんまりとした本堂だが、なかはさすがに広く、ふき掃除はなかなか終わらない。ふいてもふいても床はどこまでも連なっている。

料永でも、こうしてよく掃除をしたものだった。

横にはよくお真美がいた。掃除はお世辞にも上手とはいいがたく、ときに千勢がひそかにやり直すようなこともあったが、お真美は怠けるような真似は決してしなかった。いつも額に汗してがんばっていた。そのあたり、裏表がない女だった。

料永は利八の人柄を映しだしてか、客筋がひじょうによかった。だから、とても働きやすい職場だった。いやな思いをしたことは、千勢にはほとんどなかった。

それでも、酒を供している以上、酔っ払いの相手をしなければならないのは、当然だった。

千勢も他の女中と同様に、よく絡まれたものだ。そういうときどこからともなくお真美があらわれ、救ってくれた。

客あしらいがとても巧みで、酔客にいやな思いをさせることなく、千勢をうまいこと引き離してくれた。客は千勢がいなくなったことにすら、気づかなかったのではないだろうか。

お真美が来てくれなかったら、引っぱたいていたのではないかと思える客もきにおり、もし実際にそんなことをしていたら、気に入りの職をなくすだけでなく、千勢を信じて雇ってくれた利八の面目を失わせることになったはずだ。

利八は死んでしまったが、生前、そんなことにならず、本当によかった。お真美には感謝してもしきれない。

そんなお真美も一度、料永の座敷で、酔った客に押し倒され、胸をもみしだかれ、太ももをまさぐられたことがある。客は商家の隠居で年寄りだったが、まるで人足のように厚い胸板と太い腕を誇っており、ひじょうに力が強かった。

ちょうどその座敷に料理を運んできた千勢が声をあげたことで客が我に返り、なにごともなく終わったのだが、その日の店が終わったあと、礼をいいに来たお真美は、お妾にならないかって誘われちゃった、とうれしそうに口にしたものだ。

お真美は、そんなしたたかさを覚えさせる人だった。たやすく死んでしまったなど、やはり信じられるものではない。

だが、どう考えてもお真美さんは死んだのだ。二度と生き返ることはない。あの人なつこい笑顔を見ることもない。

寂しさが心をよぎってゆく。短いあいだにすぎなかったけれど、一緒に働いた仲だ。性格がちがいすぎて、心を通わせたことは少なかったかもしれないけれど、悲しくないはずがなかった。

料永が人手に渡ったあと、働き口を紹介するといって、お真美に妙な飲み屋に連れていかれたのを、千勢は思いだした。

客に酒を飲ませるより、女に春をひさがせることを売り物にする店であるのは、一目で知れた。

あのとき、千勢はお咲希を連れてきていた。仮にお咲希がいなかったとしても、ああいう店で働く気などなかったから、即座に断った。そのことをお咲希はあとで、ほっとしたといってくれた。もし働くなんて千勢さんがいったら、力ずくでもつれて帰る気でいたと。

お真美のほうは、食べてゆくためには仕方ないといわんばかりに、店のなかへ堂々と入っていった。

その後、あの店でしばらく働いていたのはまちがいないのだろう。あの店をやめたあとのことは、まったく知らない。

一度か二度、会ったことがある。佐之助が利八の弟の奈良蔵《ならぞう》の家に忍びこんだところを見た男がいると、教えてくれた。そのことで、奈良蔵殺しの疑いが、佐之助にかかったのである。

結局、千勢が信じていた通り、佐之助は無実だった。佐之助の動きを縛ろうとするための罠だったのだ。

それにしても、と千勢はまたお真美のことを考えた。死んでしまったなんて、やはり信じられない。

身持ちがかたいとは決していわないが、危ないところを嗅ぎわけ、うまくすり抜けてゆく勘のよさが持ち味のはずだったのに、まさか浪人に殺されてしまうなんて、思いもしなかった。

人の運などわからない。悔いを残さぬように、その日その日を一所懸命生きてゆくしか、できることはないのだろう。

でも、いくら必死にその日一日を生きたとしても、死ぬときに後悔しないなんて、あり得ないのではないか。

自分は俗人でしかないから、死ぬのがわかった瞬間、まだ生きたい、死にたくないという念を強く放つにちがいない。その思いはこの世に残り、魂だけはあの世に行く。

千勢は、霊というのをほとんど信じていない。もし霊というものがあるとしたら、人がこの世に残した強烈な念ではないか、という気がしてならない。そういうことなら、なんとなく納得できるものがある。

はっとする。

私はなにを考えているのだろう。いつの間にか、手もお留守になっている。あと少しで床のふき掃除も終わる。汚れ一つ残さないようにがんばらなければ。

千勢は回廊に出て、そこに置いた桶で雑巾を洗って汚れを落とした。

回廊に、緑色の木の葉が落ちているのに気づいた。拾おうとして腰をかがめた。手が届いたと思った瞬間、あざ笑うように風が木の葉をさらっていった。

あら。

まるで、お真美が千勢をからかいにやってきたように思えた。すぐ近くにお真美がいるような気がしてならない。その思いは確たるものになっている。

お真美さん、私に会いに来てくれたの。

その問いかけに応ずるように先ほど風がさらっていった木の葉が、また回廊に戻ってきた。ちがう葉っぱかもしれないが、同じものにしか千勢には思えなかった。

となると、やはり霊というものは存在するのかしら。

お真美さん、きっと仇は討ってもらえるから、成仏してね。

千勢は願ってから、本堂に戻った。顔のところの金箔がはげかけた本尊と目が合う。にこりと笑ってくれたように見えた。

千勢はうれしかった。お真美の成仏を祈ったことを、ほめたたえてもらえたように感じた。

それに、今の私にうしろ暗いことはないのだ。

悪さをしていたり、悪事を隠していたりすると、怒ったように見えるのが、本尊というものだときいたことがある。

よかった。

安堵して、千勢は再び床をふきはじめた。

水嶋栄一郎のことが思いだされる。聡明そうな顔はよく覚えている。実際に頭のめぐりはいいのだろう。

だが、いくら賢いといっても、栄一郎に犯人を探しだせるとは思えない。頼りはやはり佐之助だろう。

佐之助にまかしておけば、きっと犯人にたどりつく。そしてお真美の無念を晴らしてくれるにちがいない。

佐之助さんは、と千勢は思った。うまく栄一郎さんに近づけたのだろうか。お咲希には、遠くから見守るようなことをいっていたが、もともと探索というものが性に合っているはずだから、きっとはなから栄一郎と一緒に動きまわるつもりでいるのではないか。

千勢はそう考えている。

必ず佐之助さんが、犯人を突きとめてくれる。

この思いは、地中深く打ちつけた杭のように、まったく揺るぎのないものだ。

「千勢さん」

深みのある声に呼ばれた。顔をあげると、本堂の入口に岳覧が立っていた。柔和に笑っているのが、横からの陽射しを浴びてよくわかる。

「いい顔をしているね」

「えっ」

岳覧が入ってきた。外の明るさが背景になり、岳覧の姿は影だけになった。すぐに目が慣れ、表情が見えた。うれしそうに頰に笑みを浮かべている。

よっこらしょ、と床に腰をおろす。手で床板に触れた。

「ふむ、ざらざらしておらん。すばらしい手触りだ。きれいになって実に気持ちがよい。千勢さん、ありがとう」

「いえ、手間賃をいただいているのですから、当たり前のことです」

岳覧が手を振る。

「そうは申しても、手を抜く輩など、いくらでもおるぞ。前に来ていたばばあなど、ひどいものじゃった。掃除をせんどころか、こちらのご本尊の前で煙草を吸い、酒まで飲んでおった。酔っ払ってご本尊の顔を引っかきおって」

ほら、それじゃ、と指さす。

「ああ、ご本尊のお顔がはげかけているのは、そのおばあさんのせいだったのですか」

「おばあさんなどと呼ばんでいい。あんなのはばばあで十分じゃ」

「でも、どうしてご本尊を引っかいたのですか」

「ばばあがいうのには、一緒に飲んでいたら、ご本尊が迫ってきて、手込めにしようとしたからじゃと。まったく、いうにこと欠いて、七十すぎのばばあを誰が手込めにするというのだ」

千勢は、岳覧がいうところのばばあに会いたくなっていた。

「おばあさんは、まだご存命ですか」

「当たり前よ」

岳覧がいい放つ。

「あんなばばあ、殺されてもくたばるはずがない」

岳覧が失言に気づく。

「すまぬ。千勢さんは、友達を殺されたばかりじゃったな」

千勢はお真美のことを話すつもりはなかったが、岳覧のほうが千勢の表情に気づいたのだ。なにかあったのかな、とやさしくきいてくれた。

それはともかく、そのおばあさんは、と千勢は思った。生きる力にあふれているということだろう。

もしお真美に同じような力があったら、きっと死ななくてすんだのだろう。生きる力にあふれている者と、そうでない者。

これもやはり、人の持つ運なのだろうか。

教えてほしくて千勢は振り返り、本尊を見つめた。

本尊は泰然と口を引き結んでいた。ただ、にこやかな笑みだけは、先ほどと変わりなかった。

五

「しかし、なかなかうまくいかないものだねえ」

富士太郎はぼやいた。

「なんのこってす」

中間の珠吉が振り向いてきく。今日は前を歩いている。

「お真美殺しの犯人だよ」

「そうですねえ。お咲希ちゃんのおかげで、いい人相書を描いてもらっていますから、たやすく犯人にたどりつけるものと思っていたんですけど、確かにうまくいかないものですねえ」

「まったくだよ」

富士太郎は頰をふくらませた。

「いったいどうなっているんだろうね。これだけ明瞭な人相書、滅多にあるものじゃないのに、見つからないなんてさ」

富士太郎は、懐から取りだした三枚の人相書を次々に見つめた。

一枚目は太い眉とどんぐり眼《まなこ》、二枚目は細い目に潰れたような鼻、三枚目は頬の傷に犬のように前に突き出た大きな口が、それぞれ特徴になっている。

この三枚の人相書は、お咲希が教えてくれたのをもとに、奉行所の人相書の達者が描いたものだ。

描き終わったとき、富士太郎はお咲希に見せに行こうとしたが、人相書の達者が、行く必要はないよ、といった。

どういうことかたずねたら、この絵は実にうまく描けた手応えがあり、しかも絵自体が生きているから、まちがいなく犯人にそっくりのはずだ、というのである。

そこまでいうのなら、と富士太郎はお咲希に会いに行くのをやめたのだ。

人相書の達者の同心が自信たっぷりにいったのにもかかわらず、似ていないなどというのは、まずあり得ない。

この三人は、と人相書に目を落として富士太郎は思った。きっといつもつるんで悪さしているのだろう。

そういう不良浪人がもぐりこむとしたら、どこか。

最も考えやすいのは、やくざ者のところだろう。用心棒の類だ。

喝あげをするくらいだから、まともな職についているはずがない。内職などとも無縁だろう。

水嶋栄一郎のように、ほかに三人組に喝あげに遭ったことがある者がいないか、調べまわったりもしたが、今のところ、見つかっていない。

けちな喝あげをやっている町人の若者たちをとらえたりもしたが、お真美を手にかけた者ではまったくなかった。

腕に覚えのある浪人が、最も金稼ぎの頼りとしているのは、やくざ者の用心棒だろう。腕さえあれば、引く手あまたで、食いっぱぐれることは決してない。

江戸では畑の開墾をよくやっている。浪人も富農に雇われ、よく働いている。しかしそんな地味な仕事にまじめにいそしむ者たちでないのも明らかだ。

ほかに浪人がよくなっている職というと、手習師匠がある。手すさびに喝あげをやる手習師匠がいても不思議はないが、やはり人に学問を教えるという立場からすると、考えにくいものがある。

ほかにも怪しげな占い師をしたりする者がいるが、占いなどというおとなしげな職を選んだ者が、喝あげという手荒なことをするだろうか、という疑問がある。

あとは無職の者たちだ。これが一番多いだろう。

金がないから無住の寺の本堂の軒下とかに住んでいる。

しかし、寺は当たりにくい。支配ちがいだ。

珠吉の助言もあって、富士太郎はやはりやくざ者のところを徹底して当たった。ほかにも、口入屋を見つけると、すぐに暖簾をくぐり、主人や番頭に話をきいた。やくざ者に用心棒を世話したことがないか、と。

一日かけていろいろなところを探しまわったが、三人の浪人の話をきくことはできなかった。

いったいどこにいるのかねえ。

富士太郎は首筋をかいた。汗が浮いており、着物が少し気持ち悪い。

湯に入りたいねえ。

町方同心は朝、湯屋がひらいたとき女湯に入る。女湯のほうが客がいないから、のんびりと浸かることができる。

ただ、富士太郎は湯屋に行ったことがない。人に肌を見られたくないからだ。だから、屋敷でいつも行水をしている。冬はそれではつらいので、できるだけ湯をわかしてたらいに入れていた。

今日も帰ったら、もちろんそうするつもりでいる。

この肌は、と富士太郎は思った。たった一人のものだからねえ。家族にだって見せられないよ。

「旦那、どうしますかい」

珠吉にきかれた。さすがに疲労を隠せずにいて、顔色が少し悪い。

「どうしようかねえ」

今日はもう終わりにしようか。でもまだ調べ足りないような気がしている。さて、本当にどうするか。

いい知恵が浮かばない。こういうときはすぱっとやめてしまったほうが、明日のためにはいい。

今日はもう、しまいにしようか。

富士太郎は決断しかけた。

目の前を女の子が歩いてゆく。この前、話をきいたお咲希と同じくらいか。いや、もっといっているかもしれない。

湯屋に行くのか、湯桶を持ち、その中に手ぬぐいが入れてある。

一人かい。兄弟や姉妹はいないのかねえ。一人っ子というのはちと寂しいね。

路地から男の子が飛びだしてきて、女の子に突き当たりそうになった。

「危ないっ」

富士太郎の声が届いたか、男の子がぎりぎりで避け、女の子は少しよろけただけですんだ。

富士太郎は珠吉とともに急ぎ足で近づいていった。

「大丈夫かい」

「はい、平気です」

女の子は笑顔で答えた。

富士太郎は男の子に視線を転じた。

「いきなり道に飛びだしちゃ、危ないよ。次からはあんなこと、しては駄目だよ。いいかい、わかったね」

男の子は、まさか定廻り同心に怒られるとは思っていなかったらしく、首をすくめている。

「はい、わかりました」

小声で答えた。

「もっと大きな声で」

男の子は元気のいい声で繰り返した。

「それでいい。とにかく、なにごともなくてよかったよ」

胸をなでおろした富士太郎は、男の子が湯桶に手ぬぐいを持っていることに気づいた。

「あれ、なんだい。おまえさんも湯屋に行くところだったのかい。それならちょうどいい。一緒に行きな。仲よくするんだよ」

二人は顔見知りなのか、しっかりとうなずき合った。これで失礼しますとばかりに、富士太郎たちに頭を下げてからゆっくりと歩きだした。

富士太郎たちは、二人を見送った。ゆるゆると暗くなってゆくなか、小さな二つの影は遠ざかり、幻のように消えていった。

「いいねえ、ああいうのは」

富士太郎はしみじみといった。

「旦那、気づいてますかい」

珠吉にいわれ、富士太郎は中間を見た。

「なにがだい」

「あの男の子、わざとだったんじゃないですかね」

「わざとって」

富士太郎は顎をなでた。

「路地から飛びだして、女の子にぶつかりそうになったことかい」

「さいですよ」

「ああ、一緒に湯屋に行きたいから、あんな真似をしたっていうのかい」

「一緒に湯屋に行くのはきっかけにすぎませんよ。男の子はあの女の子と、仲よくなりたいと願っているにちがいありませんや」

「なるほどねえ」

富士太郎は二人が消えていった道をもう一度、眺めた。

「やるもんだねえ」

なにか心に引っかかったものがあった。それがなんであるかわからないうちに、引っかかりが消えた。

「あれ」

今のはなんだったのか。

「どうかしましたかい」

「今さ」

富士太郎は珠吉に説明しようとした。また引っかかりがよみがえってきた。いったんは枯れたはずの花がまた鮮やかに咲いたような、そんな感じに似ていた。

今度は引っかかりを逃がさないように、しっかりと心の腕を伸ばした。うまいこと、指先でとらえることができた。

「そうだよ」

「なにが、そうだよ、ですかい」

「珠吉、同じことが考えられないかな」

「同じことってなんですかい」

「お真美のことだよ」

珠吉が下を向き、考えこむ。

「つまり、お真美さんの一件も、偶然を装っていたにすぎないというんですかい。三人の浪人は、お真美さんを殺す必要があったということですかい」

「決めつけはむろんできないさ。でも、そういう考えもできるんじゃないかね」

「なるほどねえ。お真美さん、これまでいろんな人に話をきいたところでは、怪しげな店にだいぶ出入りしていたそうですから、危ない話を耳にしてしまったってのは、十分にありそうですね」

「だろう」

「じゃあ、旦那、今からその筋で調べてみますかい」

富士太郎は珠吉を見やった。

「おいらはいいけど、珠吉は大丈夫かい。疲れていないかい」

「一日働いたあとだから、疲れていないなどと強がりはさすがにいいませんけど、へっちゃらですよ。まかせてください」

「よし、じゃあ、調べてみようか。どこに行こうか」

「千勢さんはどうですか。料永で一緒でしたよ」

「しかし話をしてくれるかね。牢にぶちこんだんだよ」

「そのあたりは旦那次第でしょう。うまくやればきっと大丈夫でしょう」

富士太郎は苦笑した。

「うまくやればだなんて、気楽にいってくれるねえ」

珠吉が深くうなずいてみせた。

「旦那なら、そんな心配は無用ですよ。うまくやれますって」

音羽町の甚右衛門店に住む千勢には、無事に会えた。それに、親切に応対してくれた。あれで機嫌が悪かったのなら、とんでもなく芝居が上手だ。

しかし、いい話はきけなかった。それは料永の主人利八の孫娘であるお咲希も同じだった。最近のお真美とはほとんどつき合いがなかったのだ。千勢は、最近のお真美とはほとんどつき合いがなかったのだ。

ただし、もしかするとお真美が偶然の死でないと考えた富士太郎に、二人とも驚きの顔を見せていた。まさかそんなことがあるのか、と表情が語っていた。

一応、千勢にお真美と親しい者に心当たりがないかきいたが、わかりません、と言葉少なに答えただけだ。

富士太郎と珠吉は、甚右衛門店をあとにした。路地には、夜という名の川が流れ、長屋の店から漏れこぼれる光を吸い取っては闇に運び去っていた。

「ここまできて収穫なしは、珠吉、つらいものがあるねえ」

「旦那、ぼやくのはやめましょう。ぼやきは天上の方にきこえますからね、機嫌を損ねてますますつかなくなっちまいますよ」

「天上に人なんて、いるのかねえ」

「きっといますよ」

「でも、それなら人殺しなんかがある殺伐とした世の中をなんとかしてほしいものだねえ。そのほうが犯人をとらえるより、ずっといいと思うんだけどね」

「あっしもそう思いますけど、とにかくぼやいていいことなんか、ありしゃしませんからね」

「わかったよ。もうぼやかないよ。二度とというのは無理だけど、しばらくのあいだなら平気だろうさ」

次にお真美が働いていたという、伴埜《ともの》という料理屋に向かった。

千勢たちの住む甚右衛門店に近いということもあって、富士太郎たちは訪れていたのだが、店はまだひらいていなかった。今は大きな提灯に灯りがともり、路上を照らしだしている。昼間のように、とはむろんいえないが、いいろうそくをつかっているのか、かなりの明るさを誇っている。

「お邪魔するよ」

紺色に染められた厚みのある暖簾を払い、戸を横に滑らせる。

だしのいいにおいがしてきて、空腹の富士太郎はそそられるものがあった。珠吉は目を閉じ、においを存分にかいでいる。その表情がおかしくて、富士太郎は小さく笑ってしまった。

店はこんでいた。味がいいのは、だしのにおいからわかったが、客もそのことは舌で知っているのだ。

忙しいなか、迷惑がらずに店主は富士太郎たちに応対してくれた。そのあたりにも、この店主のまっすぐなところが見えて、繁盛している理由がはっきりと知れた。

「お真美ちゃんですかい」

富士太郎たちを店の裏に案内した店主が、苦渋に満ちた顔を見せる。毎日、火に当たっているせいか、ずいぶんと赤い顔をしているが、目鼻立ちが整って、なかなかいい男だった。

「裏のない娘で、手前は気に入っていたんですよ。ちょっと尻が軽そうなところはありましたけど、そんなのは江戸の町娘ではなんら珍しくありませんからねえ、むしろいいくらいだと手前は考えていましたよ。実際、お真美ちゃん目当てに新しいお客がいらしてくれるようになりましたから」

ききたいことを、店主のほうからいってくれた。

「お真美目当てに通っていた客というと、誰だい」

店主は勘がいいようで、富士太郎たちの往訪の意味をすばやく覚った。

「えっ、お真美ちゃん、たまたま殺されたんじゃないんですかい」

「そうだとおいらも思うけれど、いろいろと探っていくのが仕事なんでね」

「さようですか」

あまり探索が進んでいないのではないか、というような色が表情にあらわれたが、店主はすぐに町方のたいへんさに思い至ったようで、その色はあっさりと消してみせた。

「店のことはいわないでもらえるんですか」

「もちろんさ。おまえさんのことも決して口にしないよ」

わかりました、と店主がいった。それでもしばらく迷っている様子だったが、やがて心を決めたようで、赤い顔をあげた。

「そうですねえ、何人かいましたけど、最もお真美ちゃんにご執心だったのは、是吉《これきち》さんでしょうねえ」

錺《かざり》職人で、腕のよさで評判の男だという。

「でも、お真美ちゃんとなにかもめごとやいざこざがあったという話は、まったくきいてませんよ」

「その手の諍いがあった者に、心当たりはあるかい」

いえ、と店主は首を振った。

「お真美ちゃんは、なにしろ客あしらいがうまいというか、巧みで、そういうことはまったくありませんでしたよ」

店主の女房にも話をきいた。女房もお真美のことを気に入っていたという。

「雇った娘は、とにかくうちの亭主に色目をつかうの、ばっかりなんですよ。なんといっても、うちの亭主、男振りがいいですからねえ。あたしが選んだ男なんで、それも仕方ないことかもしれないってあきらめていたんですけどね。でも、お真美ちゃんは気負いがないというか、そんなそぶりは一切見せず、あたしにも自然な態度で接してくれて、それはそれはうれしかった」

店主とは別々にきいたのだが、女房がお真美に熱をあげていた男として口にしたのも、是吉という男だった。

「でも、是吉さんがお真美ちゃんを殺しますかねえ。あたしには信じられないですよ。お真美ちゃんも気に入っていた様子だし」

「そのことは、頭に入れておくよ」

「よろしくお願いします」

「ほかにお真美をなんとかしようと狙っていた者はいるかい」

女房は何人かの名をあげた。

「でも、いま口にしたなかに、お真美ちゃんを手にかけるほど好きだったという人に、心当たりはありませんねえ」

そうかい、と富士太郎は答え、伴埜をあとにしようとした。

「八丁堀の旦那」

裏口からそのまま出ようとしたとき、女房に呼びとめられた。

「なんだい」

「必ず、お真美ちゃんを殺した犯人、つかまえてくださいね」

女房は涙をためている。お真美をいかにかわいがっていたか、はっきりとわかる。

富士太郎は胸を打たれた。珠吉も同じ顔をしている。

「まかせておきな。きっとふんづかまえてやるから、吉報を待っておくんだよ」

「よろしくお願いします」

いつしか店主も出てきて、夫婦そろって頭を下げた。

「じゃあ、またね」

富士太郎は路地に出た。唐突に闇に縛られたような感じがした。

「暗いね」

「まったくですよ」

珠吉が提灯に火を入れる。表の大提灯とはくらべものにならないほど、こちらの明かりはわびしさがある。夜に押し潰されそうなちっぽけさだ。

「よし、珠吉、是吉に会いに行くよ」

「合点だ」

是吉は、表店に住んでいた。稼ぎがいい証だ。

店に灯りはついている。珠吉が訪いを入れた。

返事がない。

珠吉がまた声をかけた。

「あいてるよ」

投げやりな声が返ってきた。珠吉が腰高障子を横に引いた。

行灯がともっている。三和土《たたき》の奥は、六畳間だ。六畳間の隣にも、四畳半ほどの部屋がある。

あけ放たれた襖から、畳にうつぶせた男が見えた。酒臭さが鼻をつく。大徳利が転がり、口から垂れた酒のしずくが、畳に小さくないしみをつくっていた。

ああ、あれじゃあ、畳を替えないと駄目だろうねえ。

おそらくお真美が死んだことで酒を浴びるように飲んでいる男に同情を寄せて、富士太郎は思った。この分じゃあ、是吉が犯人ではないかもしれないねえ。

「起きな」

珠吉がややきつい口調でいう。

「誰だい」

男が畳に顔をくっつけたまままきく。

「八丁堀の者さ」

「冗談だろ」

「確かめてみな」

かったるそうにしかめた顔を男があげた。

「あれ、この男は」

富士太郎は頓狂な声をあげた。

「珠吉、一度、会ってないかい」

小声できいた。

「ええ、会ってますよ。あれは、佐之助のことをこの町にききに来たときじゃありませんかね」

「そうだよ、奈良蔵さん殺しのときだね。佐之助らしい男を奈良蔵さんの家で見かけたのが、この男だったよ」

男が大儀そうに起きあがった。あぐらをかき、急須から湯飲みに茶を注ごうとしたが、空だった。

ちっ、と舌打ちする。あらためて富士太郎たちを見る。

「あれ」

富士太郎にも負けない、間の抜けた声をだした。

「本物の八丁堀の旦那だ」

「当たり前だ」

珠吉がきつくいった。

「まあ、珠吉、いいじゃないか。浴びるほど飲みたいときもあるものさ」

このあたりはわざとやさしくいう。

「ありがとうございます」

是吉が頭を下げる。まじまじと富士太郎と珠吉を見つめてきた。酒臭い息がかかる。

富士太郎は眉をひそめたかったが、我慢した。

「あれ、お二人は」

是吉がようやく気づいた。

「うん、一別以来だね」

「あの、なにか」

是吉が戸惑ったようにいう。

「ききたいことがあってな」

「はい」

是吉が姿勢をあらためる。背筋がぴんと伸び、腕のいい職人らしい感じが素直にあらわれた。

「お真美のことさ」

「はい」

是吉が音を立てて唾をのむ。

「お真美が殺されたことは知っているね」

「もちろんでさ。あっしはまだ信じられねえんです。ここんところ、仕事を休んで、やけ酒ばかり食らっているんですよ」

「惚れていたんだね」

「はい」

このときすでに富士太郎は、白という心証を受けていた。確かめるまでもなく、珠吉も同じだろう。

殺してしまったときのことを忘れられず、酒に走ったというのも考えられないではないが、是吉は明らかにそうではない。お真美がこの世から急にいなくなってしまったそのことが信じられず、酒を浴びるように飲んでいるのだ。

お真美を殺すような者に心当たりがあるか、富士太郎は一応きいた。

「あるわけないでしょう」

是吉が荒っぽく答えた。

「あったら、あっしがとうに殺しに行ってますよ」

この答えを富士太郎は予期していた。

「そうかい。お真美だけど、なにかにおびえていたようなことはないかい」

「ありませんね。殺された前の日も、あっしは伴埜に飲みに行ったんですけど、まったくいつもと変わりありませんでしたよ」

「そうか」

「八丁堀の旦那」

いきなり伸びあがるようにして顔を近づけてきた。

「なんだい」

まさかおいらの唇を奪うつもりじゃないだろうね。

一瞬、富士太郎はそんなことを考えた。

でも、この男は女がいいはずなんだよね。

「お真美さんを殺した犯人、必ずとっつかまえてくださいね」

「わかっているよ。まかしておきな」

伴埜でいったのと似たような言葉を、富士太郎は口にした。

「よろしくお願いしますよ」

そういったきり、是吉が畳に崩れるように倒れこんだ。

「どうしたんだい」

富士太郎はあわてて、是吉の横顔をのぞきこんだ。

「なんだい、馬鹿にしてるね。寝息を立ててやがるよ」

苦笑してうしろを振り向く。

「珠吉、引きあげようかね」

「そうしましょう」

腰高障子をあけて、外に出た。先ほどより、夜が少し明るくなっているのに気づいた。

どうしてかね。

すぐに理由がわかった。江戸の空を閉ざしていた雲が取れ、晴れてきたのだ。

満天の星である。

「珠吉、いい星空だね」

「まったくで」

「あ、あそこに直之進さんの顔があるよ」

富士太郎は東のほうを指さした。

「どこですかい」

「あそこだよ。あの一番に光り輝いているあの星が右目で、その横にあるのが左目さ。鼻の穴もあるし、口はほら、あの小さな星たちが形づくっているじゃないか」

珠吉は首をひねっている。

「あっしには、旦那がなにをいっているか、さっぱりわかりませんねえ」

「どうしてわからないかねえ」

「正直、わかりたくもないですがね」

富士太郎はにらみつけた。

「珠吉、なんてこと、いうんだい」

「そういわれましてもね」

珠吉が提灯を灯す。

「旦那、さあ、明るくなりましたよ」

「そんなことはわかってるよ」

富士太郎は歩きだした。直之進たちの星が一緒に動いた。

伴埜でかいだだしのにおいを思いだす。

今度は仕事抜きで行きたいねえ。直之進さんと一緒にさ。

商売柄、ききこみなどでいくつものうまそうな店を見つけてきた。見つけるたびに、必ず来ようと思うのだが、それがうつつになったことは滅多にない。

きっと今度も同じだろう。

「旦那、どうかしましたかい」

珠吉が案じ顔をしている。

「いや、ちょっと腹が減りすぎてさ」

「あっしも同じですよ。どこかこのあたりで腹を満たしていきますかい。蕎麦切りでもいただきませんか」

「いいねえ。いい店、知っているのかい」

「いえ、知りませんが、この辺は、いい店がそろっているような気がするんですよ。旦那はどうですかい」

「いわれてみれば、そんな気がしないでもないねえ」

珠吉が提灯をまわして探す。

蕎麦切りと看板が出ている。

「そこにしましょう」

「よし、そうしよう」

二人は暖簾を払った。明るい娘に案内されて、座敷の奥のほうに陣取った。

富士太郎はまわりを見渡した。

たくさんの人がおいしそうに蕎麦をすすりあげている。

「いい店のようだよ」

「どの人も、幸せそうな顔をしているものねえ」

「まったくで」

二人は、ざる蕎麦を二枚ずつ頼んだ。珠吉はどうか知らないが、富士太郎にとっては、このくらいがちょうどいい。

「珠吉、お酒も頼もうか」

「えっ、いいんですかい」

「もう仕事も終わりだからね、少しくらいいいんじゃないかね」

富士太郎は酒も注文した。蕎麦切りより先に、ちろりがきた。

「よし、珠吉、飲もう」

富士太郎はちろりを手にし、珠吉の杯に酒を注いだ。

「はい、ありがとうございます」

珠吉が注ぎ返してきた。

「じゃあ、乾杯といこうかね」

二人は杯をあげた。

「今日もご苦労さんだったね」

珠吉が一気に干す。富士太郎はすかさず杯を満たしてやった。

「うまいですねえ」

「そうかい。そいつはよかった」

珠吉の幸福そうな顔を見ると、富士太郎もうれしくてたまらなくなる。

ただ、と思う。目の前にいるのが、さっき夜空に顔を描いた人だったら、どんなにいいだろうかねえ。これ以上ない幸せに包みこまれるだろうねえ。

一日もはやく、そういう日がやってこないものか。きたら、あまりにうれしくて、おいら、卒倒しちまうかもしれないねえ。そんなことになったら、どうしようかねえ。

でも、この一度きりの人生、卒倒するくらい喜んでみたいものだねえ。

富士太郎は杯を傾け、胃の腑に酒を流しこんだ。

ああ、うまいねえ。

直之進さん、大好きだよ。

# 第四章

## 一

「一度、行ってみたことがある」

堀田備中守正朝がいった。

「いつのことにございましょう」

島丘伸之丞は平伏してたずねた。ほとんど顔をあげていない。見えているのは、堀田の足先だけだ。

いまだに堀田の許しが出ないから、こういう姿勢でいるしかない。

背筋を伸ばし、少しだけ顔をあげているというのは、正直きつくてならない。

だが許しが出ない以上、この姿勢を続ける以外、道はない。

「もうだいぶ前のことよ。わしが二十代の頃だ」

「さようにございましたか」

「伸之丞、顔をあげよ」

「はっ」

伸之丞は、かすかに顎を動かす程度にとどめた。

「もそっと」

「はっ」

今度は背中全体をあげたが、まだ堀田の顔が見えるほどではない。ゆったりと着こなしている、上等な着物の腹のあたりが見えている。

少なくともこのくらいにしておかないと、ものの程度のわからぬやつよ、とののしられる。

堀田にとって伸之丞の顔のあげ方がちょうど気に召したのか、満足そうな吐息を漏らした。

「わしはその頃まだ部屋住でな、なにをするのにも気ままであった。ある日、思いたって箱根の湯に行った」

「箱根の湯でございますか」

「伸之丞、行ったことがあるのか」

もいえない。誰がそんなことをきいた、といわれるのが落ちだ。

「行きたいか」

「はい、一度は行ってみたいと考えております」

「ふむ、天下の名湯といわれているところだからの」

「はっ」

「伸之丞、もそっと」

「はっ」

伸之丞はさらに顔をあげた。今度は、堀田の顎まで見えた。視野には、堀田の頭まで入っている。頭は大きいが、髷は小さなものがちょこんとのっているだけだ。それで威厳があるのだから、やはりたいしたものなのだ。

「親の金をくすねたのだ」

なんのことだ、と伸之丞は思ったが、箱根の湯に行ったときの話だろう。

「それはまた」

「それはまた、なんだ」

瞳をぎろりと動かし、にらみつけてきた。仲之丞は、ほんのわずか体がかたくなったのを感じた。

「堀田さまのようなお方には、似つかわしくないことをされたものと考えました」

「似つかわしくないか」

堀田は薄く笑った。こういう笑いをされると、背筋が寒くなるのは自分だけではないであろう、と仲之丞は思った。

「わしは、もともとこせこせした性格だからの。そのくらい平気でやるわ」

なんと答えていいか、わからなかったが、黙っているわけにはいかない。なにか気の利いたことをいわなければならない。

「こせこせとしたことを申すのなら、殿はそれがしの足許にも及びますまい」

「ほう、それはまた仲之丞、思い切ったいいざまよの。そなた、どのようなこせこせしたことをしたのだ」

「はっ」

仲之丞は顎を引いた。また堀田の足だけが見えている。

「家から金を盗んだのは殿と同じにございます」

「うむ。それで」

「友垣にその金を恵んでやりました」

「そのどこがこせこせしているのだ」

「はっ。その友垣は家が貧しく、ずっと金のことで苦しんでいました」

「うむ」

このあたりですぐに結論に持ってこないと、堀田は激怒する。

「その友垣は、頭のめぐりはひじょうによい男にございました。出世はまちがいなしと踏んでいたのでございます」

「出世してから、倍にして返させようと思っていたのか」

「倍と申すより、それがしを引きあげてもらうつもりだったのでございます」

「それがこせこせしているのか」

「いえ、この話はこれで終わりではございませぬ」

「はやくいえ」

「はっ。残念ながらその友垣は、翌年、病を得て死んでしまいました。それがしは死の直前、友垣の家に忍びこみ、薬代として用意されていたものをかっさらってまいりました。友垣が死んだのは、それがしのせいかもしれませぬ」

堀田はにこにこしている。

「それがこせこせしたものかどうか話は別にして、そのあたりのことはそなたらしいの。手段を選ばぬところは、実にいいのう。わしも見習いたいくらいだ」

堀田が疲れたように脇息にもたれる。

「石高がいくらか知っておるか」

また話が飛んだ。しかしこのくらいのことは頭に入っている。

「七万五千石ときいております」

「それは表高《おもてだか》よ。実高《じつだか》を存じておるか」

知ってはいたが、正確なところはいわないほうがいい。

「十万石ほどにございますか」

「甘い」

「では、十二万石でございましょうか」

「足りぬ」

「もしや」

「もしや、なんだ」

「表高の倍にございましょうか」

「そうよ」

鼻から太い息を放った。

「十五万石はあるのではないか、といわれておる」

「それはすごい」

「そうだ、すごかろう」

堀田が脇息から体を離し、身を乗りだしてきた。

「入江となっている波静かな湊があり、地味が肥えて物成りがひじょうによい。冬もあたたかい。駿河の海を目の前に臨んでおるから、魚もまことにうまい。いいところだぞ」

「さようにございますか」

「箱根の湯に浸かったあと、わしは東海道をのぼっていった。源頼朝公の信仰が厚かった三島大社に参拝したのだが、その三島宿の次の宿場が沼里よ。三層の天守が陽射しを浴びて白く輝き、それはそれは美しい光景であったぞ」

堀田が喉をごくりとさせた。すかさず伸之丞は、座敷の隅に控えている小姓に、茶をお頼み申す、といった。小姓がうなずいて立ちあがり、襖をあけた。廊下に端座していた侍に耳打ちする。

　そのあいだ、堀田は一切、そちらに目を向けなかった。

「本来なら、首を刎《は》ねているところよ」

　唐突に堀田がいった。

「はっ」

「伸之丞、誰のことかわかるか」

「はっ。それがしのことにございます」

「その通りよ」

　茶がもたらされ、堀田の前に置かれた。さすがにはやい。

「飲め」

　堀田が伸之丞に命じた。

「はっ」

　膝行して伸之丞は、大ぶりの湯飲みを手にした。

「いただきまする」

　そんなに熱くはいれていない。静かに口をつけ、わずかに含んだ。香りが強く、こくがある、すばらしい茶だ。もっと飲みたい気持ちに駆られた。

　我慢して湯飲みを茶托に置く。

「どうだ」

「とてもおいしゅうございます」

「そうであろう」

毒が入っていないのを確かめた堀田が、湯飲みを手にする。一気に飲み干す。

「うむ」

それだけをいって、湯飲みを転がす。

「いい湯飲みぞ。持ってゆけ」

「はっ。ありがたき幸せに存じます」

「うむ。余は、そなたのうれしそうな顔を見るのが大好きだからの。なんといっても、そなたは、温子《あつこ》が腹を痛めたせがれだからのう」

「畏れ入ります」

懐紙にていねいに包み、伸之丞は懐にしまい入れた。

「どうしてしくじり続きのそなたの首を刎ねぬのか。温子が悲しむというのは、理由にならぬ。あの女が悲しもうと悲しむまいと、やるといったらやる。それはそなたもよくわかっているであろう」

「はっ」

「殺さぬのは、そなたが策を考えだしたゆえよ。この上ない最良の策ゆえ、そなたには価値がある。だから余は殺さぬ。むしろ守りきってやろうと思っている。どうだ、安心したか」

「はっ。この島丘伸之丞、この上ない幸せを感じております」

しかし、いつ気が変わるか知れたものではない。油断はできない。

「うむ、わしもうれしい」

堀田がにこやかにほほえむ。こういうときは、人を惹かずにおかない笑みになるから、政《まつりごと》をしている者というのは、不思議としかいいようがない。

「北国はうまくいった」

「はっ」

「播磨はうまくやった」

「はっ」

阿部播磨守は、備後福山の十万石の城主である。今、堀田の派閥に入っており、辣腕を振るっている。

「沼里もうまくやりたいものだ」

伸之丞、と堀田が呼んだ。

「そなた、沼里へまいれ」

二

廻船問屋は、小泉屋《こいずみ》といった。元の二井屋の主人だった喜美兵衛が、金をだしたものの、時化で次々に船が沈み、結局、潰れてしまったという店だ。

喜美兵衛からきいた場所に直之進と和四郎は行ってみたものの、そこに小泉屋だった建物はすでになかった。

小泉屋という廻船問屋が確かにそこにあったのは、数名の近所の者から話をきいてはっきりした。

小泉屋のあるじは、順之助《じゅんのすけ》という名とのことだった。

直之進は和四郎とともに町名主のもとに行き、人別帳から順之助の消息を調べた。

小泉屋が潰れたあと、順之助は隣町にひっそりと越していた。人別送りはしっかりとされており、住まいがどこなのか、すぐに知れた。

しかし、七年ほど前に順之助は肝の臓の病で死んでいた。広い家だったが、今は空き家となっていた。

人が住まない家というのは、やはり虚ろな感じが濃く漂っている。

直之進としては、誰か、小泉屋の縁者を探しだしたかった。

二井屋が潰れたのは、巧妙な策に陥れられたからだろう。小泉屋の者が一枚も二枚も噛んでいたかどうか、定かではないが、会って話をきくのは決して悪い手ではない、と思っている。

「順之助どのを覚えている者は、このあたりにいないか」

直之進は和四郎とともに自身番に入り、つめていた町役人にきいた。

「どうして順之助さんのことをお知りになりたいのですか」

こう問われるのを、直之進と和四郎は予期していた。

直之進は話しだした。

「俺があるじ持ちだったとき、小泉屋にはずいぶんと世話になった。俺の故郷の産物を大量に運んでくれたものだ。順之助どのはとてもよくしてくれた」

自身番につめている者は、全部で五人いるが、じっと耳を傾けている。

「俺はわけあって主家を離れることに相なったが、当時の恩義を忘れることは決してなかった。こうして江戸に出てきて、是非とも順之助どのに会いたいと足を運んだが、小泉屋はすでになく、順之助どのはこの地で亡くなっていた。順之助どのに血縁がおれば、お会いし、是非とも礼をいいたい。順之助どのの話もききたいのだ」

「さようでございましたか」

町役人らしい白髪まじりの男が、深くうなずいた。

「どうかな、順之助さんに血縁はいらしたかな」

「どうでしたかねえ。順之助さんは一人暮らしでしたから」

「家族は、そこの家にいなかったのか」

直之進はたずねた。

「ええ、店が潰れたとき、散り散りになったとききました」

「友垣は」

「さあ、いたんでしょうか」

「手前は存じませんねえ」

「見かけたこと、ありませんものね」

町役人や書役は首をひねるばかりだ。一所懸命思いだそうとしてくれているのはわかるが、この様子ではなにも得られるものはあるまい。

　自分で切りひらかねばならぬ。

　直之進は決意し、なにか引っかかるものがないか、と考えた。

　すぐに脳裏に稲妻のような光が走った。

「そうだ」

　直之進は三畳間から腰を浮かせた。土間に降りようとした。

「どうされたんです」

　和四郎が驚いてきく。

「うむ、和四郎どの、順之助さんのかかっていた医者はどうだろうか」

　はやる気持ちを抑えて、直之進はいった。

「ああ、なるほど」

　和四郎が膝をはたく。それを合図にしたかのように立ちあがる。

「湯瀬さま、さようでしね。順之助さんは肝の臓が悪かったんだった。そんなことにも思いが至らないなんて、手前はまったくなにをしているんだか」

　直之進は町役人にただした。

「順之助さんは医者にかかっていたのか」

「はい、それはもう」

「今もこの町にいるのか」

「いえ、隣町のお医者ですよ」

「名は」

「兼尊《けんそん》先生といいました。腕は抜群にいいとの評判でしたね」

「湯瀬さま、気にかかることがあるんですけど」

走りながら、和四郎がきいてきた。

「わかっている。町役人が、評判でした、といったことであろう」

「さすがですね。まるでもう死んでしまったような口ぶりにきこえましたよ」

「死んでおらずとも、もう廃業したのかもしれん」

「そういうことですかね」

「生きているとは思うのだがな」

兼尊の家はすぐにわかった。小泉屋とは目と鼻の先といってよかった。ただし、看板は掲げておらず、近所の者によると、もう仕事はしていないとのことだった。

「ふむ、ここか」

直之進は家を見あげていった。自分は肌に少し汗が浮いた程度だが、和四郎は息が荒くなっていた。

「湯瀬さまは、いったいどこまですごいんですか。手前も鍛えていますけど、どうしてまったくお疲れにならないのです」

「疲れてはいるさ。しかし、外にださないようにするすべに長けているだけだ」

「外にださないすべ」

「和四郎どの、息はどうだ。入れるか」

「はい、もちろん」

和四郎が訪いを入れる。

兼尊は在宅しており、直之進たちは理由を問われることなく招き入れられた。

兼尊は一人暮らしで、どうやら話し相手がほしかったらしい。

「長年連れ添った連れ合いを亡くして、気力がなくなってしまってのう。気力がないと医者はへまをする。だから、わしは診るのをやめたんじゃ。貯えもそこそこできたしの」

兼尊は頭をきれいに剃って、今も十徳を着ている。腰が曲がり、顔はしわだらけだが、見た目は医者そのものといっていい。

だが、この家には薬くささが一切なく、兼尊が医者をやめてからの年月の長さを、直之進に思い知らせた。

「茶も出んが、すまんの」

「いえ、そのようなことは気になさらずに」

和四郎が如才なくいい、さっそく質問をはじめた。

「今日、こちらにお邪魔したのは、小泉屋のあるじだった順之助さんのことをおききしたかったからです」

「順之助さんか。幼なじみじゃの。なつかしい」

兼尊は遠い目をした。少し若返ったように見えた。

「いい男じゃった。商売にも熱心で。船が次々に沈むという不運は、あまりに痛かったのう。千石船を失うのも痛かったが、それ以上に荷主から預かった荷を失ったのが痛かっただろうな」

兼尊は腕組みをした。

「父親の跡を継いだ当初は運がよく、嵐に遭っても船が沈まないことが多々あったが、最後の数年はひどいものじゃったなあ。肝の臓を悪くして亡くなったが、あれは心労が重なったからじゃろう」

「そんなことがありましたか」

「しかし、どうして順之助のことをきくのかな。あの男が亡くなって、もう七年ほどたつのではないか」

ここで自身番と同じ話を繰り返すつもりはない。直之進は、ちと調べものがあり申して、とだけいった。

「調べもの。なにかな」

兼尊が興味の色を頬に浮かべてきく。

「申しわけないですが、それはいえないのでございます」

和四郎が謝る。

「そうか。わしは口がかたいんじゃがなあ。医者だからの。しかし初対面じゃし、信用されぬのも、まあ、致し方あるまい」

「察していただき、ありがとうございます」

「うん」

兼尊が小さくうなずく。

「順之助さんには家族は」

「おったよ。五人も子がいて、それはもうにぎやかだった。わしは医者なのに、一人も育たなかったから、うらやましゅうてならなかった」

「その子たちは今、どうしているのです」

「上方だ」

「上方」

「商家で修業するために上方に行ったのが、三人の男の子。嫁に行ったのが、二人の女の子。江戸には一人も残っていやしない」

「順之助さんの連れ合いは」

「だいぶ前に亡くなっておる」

「さようでしたか」

和四郎が直之進を見る。直之進はうなずきを返した。

「小泉屋に奉公していた者で、先生が消息を知っている人はいるかな」

兼尊はしばらく考えていた。そういえば、とぶつぶついってから、顔をあげた。

「一人おるの」

「誰かな」

「番頭じゃ」

「どこにいる」

「確か、別の廻船問屋に奉公したのだったなあ。どこかに往診で行ったとき、その家にいたのじゃった」

再び腕を組んで下を向く。

「あれはどこじゃったかのう。廻船問屋で、わしがまだ医者をしていたときじゃから、すぐにでもわかりそうなものなんじゃが、なかなかそうはいかぬ。おまえさんたちはまだ若いが、いずれそのことがわかろうて」

手のひらと拳をいきなり打ち合わせた。ぽん、といい音が出た。

「七味屋《しちみや》じゃよ。まるで唐辛子のような名だが、まちがいあるまい」

七味屋はすぐに見つかった。小泉屋から半里ほど離れていたが、大通りに面しているのに加え、名が記された大きな看板が目に飛びこんできたからだ。

兼尊によると、番頭は諏訪蔵《すわぞう》といったそうだ。数年前の話だから、今も七味屋にいるかどうかわからないとのことだったが、諏訪蔵はこの店でしっかりと働いていた。

諏訪蔵はここでも番頭で、忙しくしていたが、あるじに許しをもらって、直之進たちが待つ座敷に姿をあらわした。

「ええ、次々に船が沈んだのはよく覚えています。忘れようとしたって、忘れられるものではありません」

「そうでしょうね」

和四郎が相づちを打つ。

「なにしろ、持ち船の千石船三艘が座礁して沈没してしまうなど、ふつうでは考えられませんからね。これまで何度も通ったうえ、航路を知り尽くしている練達の船頭や水夫を雇っていたのですから」

「新しい千石船をつくろうとしていたのは、確かですか」

「確かです。全部で三艘です。それまではとても商売が順調でしたから」

「いろいろなところにお金をだしてくれるように募ったのですか」

「ええ」

「札差の二井屋さんを覚えていますか」

諏訪蔵が思いだそうとして、首を小さくひねる。

「ああ、覚えていますよ。手前どもの仕事ぶりや店の様子を見に、何度か足を運んでくださいました。手前やあるじと話しもしましたよ」

わずかに身を乗りだしてきた。

「二井屋さんはどうしています。迷惑をおかけしましたから。風の噂では、店を売ったというような話もききましたが」

「その通りです。でも、今はとても元気にされています。悠々自適といったところでしょうか」

「それはよかった」

諏訪蔵が顔をほころばせる。

「そういうお話をきけると、心よりほっとしますよ」

「ところで」

直之進は横から割って入るように諏訪蔵にきいた。

「沈没した船の船頭や水夫は、どうなったのかな」

「ええ、ほとんどは無事でした。数名の死者は出ましたが、不幸中の幸いといっていいと思います」

「その者たちに会うことはできるか」

諏訪蔵がむずかしい顔をする。

「この店にいれば、ご紹介できるのですが。船頭や水夫などは流れ者が多く、なかなか一ヵ所にとどまりませんから、所在を確かめるのはむずかしいでしょう。今となっては、名もろくに覚えていません」

「さようか」

直之進はもう一つききたいことがあるのを思いだした。

「二井屋を小泉屋に引き合わせたのは、御蔵役人の杉原惣八どのでまちがいないのだな」

「杉原さま」

はて、と諏訪蔵がつぶやいた。

おや、と直之進は思った。思っていたのと手応えがちがった。

「どうした」

「御蔵役人があいだに入られたのはまちがいございませんが、手前どもに二井屋さんのことをお話しくださったのは、三島屋《みしまや》さんにございます」

「三島屋というのは、何者かな」

「摂津伊丹の酒を主に扱っていた酒屋さんにございます」

「扱っていた、というのは、今はもう廃業しているのか」

医者の兼尊のことを念頭に、直之進はきいた。

「ええ、その通りにございます」

諏訪蔵が深く顎を引く。

「やはり小泉屋に金をだし、それがために店は潰れました」

「そうか」

直之進はしばし考えた。

「三島屋に会えるか」

「どうでございましょう。今も存命かどうか手前は知りません。お店はだいぶ前に人手に渡ったと聞きました。ですが、以前のお住まいは存じております。向島にございました。大きなお屋敷で、威勢がよかったのですが、まことに申しわけないことをいたしました」

諏訪蔵に礼をいって七味屋をあとにし、まずは三島屋のあった場所に、直之進と和四郎は向かった。

三島屋の場所はすぐにわかった。自身番の者がよく覚えていた。

店は川べりの大きな建物だったが、諏訪蔵のいう通り、今はもう別の商家が入っていた。多くの者が忙しそうに立ち働いている。

夕暮れが迫り、だいぶ暗くなっているなか、影絵のように舟が河岸に近づいてくる。河岸に着くと、人足たちが寄り集まり、あっという間に荷を降ろしてしまう。

それが他の舟に載せ替えられ、河岸を出てゆく。それが飽かずに繰り返されている。

「湯瀬さま、これから三島屋の屋敷に向かいますか」

直之進は和四郎を見た。

「向島は遠いが、別に俺はかまわぬ。和四郎どの次第だ」

「手前も行きたいと考えているのですが、情けないことにこれでして」

雪駄から足をあげる。土踏まずの脇にまめができており、皮が破れていた。血がにじみ出ている。

「痛そうだな」

「はい」

「これでは無理だ。やめておこう。それにもう夜が近い。日をあらためたほうがよかろうな」

登兵衛の別邸に戻ったときには、夜気が濃くなろうとしていた。もう五つ近くになっていた。

驚いたことに、また米田屋光右衛門が来ていた。客も一緒だった。

この前、誠興公を訪ねたとき久方ぶりに話ができた田中滝之助だった。

滝之助は沈痛な表情をしている。言葉をなくしているように見えた。

なにがあったのか、直之進は覚った。

「誠興さまが亡くなられた」

滝之助がぽつりといった。

「そうか」

直之進はため息とともに口にした。ついこのあいだ会ったばかりだから、急ともいえたが、あの顔色とやせ細りようを目の当たりにした以上、直之進のなかで覚悟は決まっていた。

しかしやはり五十二での死というのは、はやすぎるような気がする。

「葬儀は」

「こちらで執り行う」

「今銘寺《きんめいじ》か」

沼里家の江戸における菩提寺だ。隠居し、江戸で死んだ数名の当主の墓がある。

「そうだ。出るか」

「むろん。いつだ」

「あさってになりそうだ」

「承知した」

直之進は光右衛門に目を向けた。

「よく案内してくれた」

光右衛門が細い目をさらに柔和にさせた。

「手前にも、湯瀬さまにお伝えしたいことがあったのですよ」

「なにかな」

「平川さまの弟御が、家族を連れて江戸にいらっしゃいました」

「ああ、家が取り潰しに遭ったといったな。今どこに」

「手前の家にございますよ」

「そうか。しかしいつまでも、というわけにはいかんな。いい職といい家を周旋してやってくれ。慣れぬ江戸でいろいろ苦労があろうからな」

「それはもうおまかせください」

光右衛門は胸を叩いて請け合った。

「最高のものを紹介させていただきますよ。それに、平川さまにも同じことをいわれました。ご心配なきよう」

「ありがとう」

「いえ、湯瀬さまに礼をいわれるほどのことではございませんよ」

「そうだな」

二人の和やかなやりとりをじっと見守っていた滝之助が、一段落したと判断してか、口をはさむ。

「湯瀬どの、まだ話があるのだ」

「おう、そうであったか。それはすまぬことをした」

直之進は滝之助の顔を注視した。

「山口掃部助《やまぐちかもんのすけ》さまを知っているか」

「むろん。中老の一人だ。山口さまがどうかされたのか」

「殺された」

「なんと」

直之進はたまらず尻を浮かせた。

「なにゆえ」

「理由はわからぬ。つい五日前の夜、沼里城から下城された際、供の者もろとも斬り殺されたとのことだ」

「山口さまといえば、又太郎さまのご信頼が厚い重臣であったな」

「その通りだ」

暗い顔で滝之助が話を続ける。

「しかも、山口どのは首を切り取られていたそうだ」

「なんと」

また同じ言葉が出た。

「理由は」

滝之助が力なげに首を振る。

「わかっておらぬ。首はまだ見つかっておらぬ」

滝之助の沈痛な表情は、誠興だけのことではなかったのだ。

横で光右衛門も息をのんでいる。

ただならぬことが沼里城下で起きようとしている。

直之進はそんな予感を抱いた。

## 三

おびただしい数の浪人が、さまざまな寺の軒下を借りて雨露をしのいでいるのはわかっている。

まるで吹きだまりのようになっている。

しかし、寺では富士太郎たちは手だしができない。

厳密には寺社奉行に許しを得ればいいのだが、それも町奉行の手をわずらわせなければならない。かなり厄介で、しかも気が重くなる。

「仮に寺を当たるにしても、頼りになるのは、この人相書だね」

懐をぽんと叩いた富士太郎が考えているのは、寺にお参りに来た者たちに人相書を見てもらい、寺の境内に人相書に似た浪人がいないか確かめてもらうという方法だが、ほとんどうまくいかないのではないか、とはなから思っている。

人の物覚えなど、あまり当てにならない。自分でじかに浪人たちを見たほうがいいのは、わかりきっている。

しかし、ほかにいい手が思い浮かばない。

どうすればいいか。

寺の筋は、とりあえず捨てたほうがいいような気がする。

「珠吉、やっぱり寺はやめておくことにするよ。江戸はあまりに寺が多いし、手間がかかりすぎるからね」

「わかりやした」

珠吉が顎を上下させた。

「旦那、そしたら、やはりやくざ者を当たることにしますかい」

「そうだね。これが今は一番いい手立てではないかって思えるよ」

「あっしも同感ですよ」

お真美が殺された道を、北へとさかのぼるように歩きはじめた。

目につくやくざ一家の家を、片っ端から当たってゆく。

午前中に、六軒のやくざ一家に足を踏み入れたが、人相書の三人はいなかった。

「しかし珠吉、江戸っていうのは、やくざ者が多いね」

昼食の鯵の塩焼きを、ご飯の上にのせていった。ほくほくとした身が実においしそうで、食い気をそそる。

珠吉は、鯖のみりん干しを焼いたものを注文している。照りがひじょうによく、新鮮さがうかがえる。

「なにしろ人が多いですからね」

箸を器用につかって、鯖の身をほぐしてゆく。幼い頃、珠吉に遊びに連れていってもらって昼飯を食べたとき、同じように身をほぐしてもらったことを、富士太郎は懐かしく思いだした。

「人の集まるところには、やくざ者も多く集まるってことですよ。なにしろ金が落ちますから」

「じゃあ江戸は、日本で一番やくざ者が多い町かい」

「さいでしょうね」

「とんでもない町だねえ」

「まったくです」

昼飯を終えた富士太郎たちは、再び町を歩きだした。

またもやくざ一家めぐりだった。

「お役人は、あの若侍となにか関係があるんですかい」

とある一軒のやくざ者の家に足を踏み入れて、人相書を見せたところ、こんなことをいわれた。

「若待ってなんのことだい」

「いえね」

　やくざ者が説明する。

「へえ、同じように人相書を持って、この家に来たのかい」

「ええ、やはり三人の浪人を探しているってことでしたよ」

「この三人と同じかい」

　富士太郎は人相書をあらためて見せた。

「ええ、そのようですね。絵としてはこちらのほうがはるかにうまいですけど、よく似ているように思いますよ」

　誰なのか。

　考えるまでもない。三人の浪人に喝あげを食らった本人の水嶋栄一郎だろう。

　富士太郎は、栄一郎の悔しげな顔を思いだした。あのときすでに、自ら犯人探しを行う決意をしていたのだ。

　人相書は、多分、自分で描いたのだろう。やはりあの子はすごいなあ、と富士太郎は心から感心した。

さらにやくざ者のききこみを行った。

お真美を殺した三人の浪人とはじかに関係ない話だが、少しおもしろい噂話をききこんだ。

やくざ者一家の土間に入りこんで、人相書をだそうとしたときだった。応対に出てきたやくざ者の一人が、調子はずれの声をだしたのだ。

「えっ、なんですかい。なんだ、あの話でいらしたんじゃないんですかい」

「なんだい、あの話って」

当然、富士太郎は食いついた。

「いえ、いいんです」

やくざ者がとぼける。

「いいなよ」

富士太郎は強い口調でうながした。

「いわなきゃ、引っ立てるよ」

やくざ者がしぶしぶという口調で答える。

「でも八丁堀の旦那、三人の浪人とはまったく関係ない話ですよ。それに、実際に殺しがあったかどうか、それもわからないんですから」

「殺しだって」

さすがに富士太郎は勢いこんだ。うしろの珠吉も同じで、目を怒らせている。

「詳しく話しな」

「まいったなあ」

やくざ者が、頭のうしろを激しくかいた。

「隣町の陣兵衛《じんべえ》一家の話ですよ」

あきらめたように話しだした。

「うん」

「ついこないだまでは願之助《がんのすけ》一家っていったんですよ」

「それは、代替わりがあったということかい」

「はい、さようで」

「続けな」

やくざ者が唇に湿りをくれる。赤黒い舌がぬめったように動いた。

富士太郎はぞっとしたが、面にはあらわさない。

「願之助親分は、病で亡くなりました。胸の病だときいています」

富士太郎はうなずいた。珠吉はうしろでじっときき入っている。

「願之助親分の跡取りは、磐太郎《いわたろう》さんといいました。しかし願之助親分には、陣兵衛という片腕ともいうべき男がいました。この男は、願之助一家で最も頼りにされていました。腕っ節も強いが、とにかく度胸がいい」

「ふむ、いい男なんだね」

「顔自体は、そんなにいい男というわけではないんですけど、とにかく衆望を集めていたわけです」

「なるほど」

富士太郎は適当に相づちを打った。

「陣兵衛という男は、一家の親分の座をもともと虎視眈々と狙っていたんです。願之助親分が病の床にあったときから、着々と手を打っていたようです」

「それで」

「ある日、ついに動いたんです。磐太郎さんを半殺しの目に遭わせ、追いだしたんですよ」

「殺しはしなかったんだね」

「ええ、そのときは」

「まだ続きがあるんだね」

「ええ。磐太郎さんは数名の子分とともに、陣兵衛さんをつけ狙いはじめました。新しく親分となった陣兵衛さんは、用心棒を雇ったんです」

「用心棒かい。おまえさん、顔を知っているかい」

「いいえ、存じません。磐太郎さんは、ある日、ついに陣兵衛さんを襲いました。しかし、用心棒の活躍もあって、その襲撃はしくじりに終わりました」

「うん」

いつしか話に引きこまれている自分を、富士太郎は感じている。

「その後、磐太郎さんや数名の子分の消息はわかりません」

「どうなったのか、見当くらいついているんだろう」

「とんでもない」

やくざ者が手を振る。

どうせ、と富士太郎は思った。簀巻《すまき》にされて川に流されたのだろう。今頃は海の藻屑といったところか。

死骸はまずあがらないだろう。あがっているかもしれないが、溺死した者は御上に届ける必要がない。

その磐太郎という跡取りは哀れだが、富士太郎の興味を惹いたのは、陣兵衛一家に雇われたという用心棒だ。

富士太郎は用心棒のことをきいた。

「いえ、先ほども申しあげたように、あっしは顔を見たことがありません。どこから雇い入れたか、というのもわかりません。でも、八丁堀の旦那にこんなことを申していいのかわかりませんが、あっしらが出入りなどで腕利きの浪人さんがほしいときは、口入屋を通じて雇い入れますよ」

「陣兵衛一家は隣町といったね」

「ええ」

「つかっている口入屋を知っているかい」

「だいたい見当はつきます」

「教えてくれるかい」

口入屋の名と場所をきいて、富士太郎と珠吉の二人は、やくざ者の家をあとにした。

# 四

誠興公が亡くなった。

直之進はさすがに冷静ではいられない。

昨夜、田中滝之助からきかされたときより、今のほうが心が落ち着かなかった。

もう二度と会えないのだと思うと、寂しかった。

又太郎さまはもうきいただろうか。江戸表からは早馬が出ただろうから、とうに知っているのではないか。

又太郎を頼む。

その言葉が脳裏に強く残っている。あれは誠興の遺言だ。

直之進はどんなことがあろうと、その言葉を守ろうと決意している。

「湯瀬どの」

声のあとに、腰高障子に人影が揺れるように映った。

直之進は夜具を脇に押しやり、立ちあがった。腰高障子をあける。

徳左衛門が立っていた。二本の竹刀を手にしている。

「朝餉の前に、ちと稽古につき合ってくれまいか」

「かまわんですよ」

誠興公のことを考えるとつらいので、この申し出はありがたかった。

徳左衛門はそれをわかっていて、いってきてくれたのかもしれない。

「うれしいのう」

徳左衛門がにっこりと笑う。竹刀を手渡してきた。

直之進は竹刀を手に、裸足で庭に降りた。

徳左衛門はすでに待っている。

直之進は徳左衛門の正面にまわり、竹刀を構えた。

この前、久しぶりに徳左衛門と竹刀でやり合ったが、ひじょうに苦戦させられた。徳左衛門はやはりできる。そのことで、直之進は登兵衛の警護をまかせたことがまちがっていなかったと確信したのだ。

徳左衛門が上段からすさまじい打ちこみを見せた。ここから勝負がはじまった。直之進は弾きあげた。

それからはめまぐるしい打ち合いになった。どちらも竹刀のはやさで上まわろうとした。

徳左衛門はすばらしかった。竹刀でなければ、直之進はどれだけ傷をつけられただろうか。

ただ、互いに思っていた以上に勝負が長引いた。

そうなると、若さでまさる直之進のほうに有利だった。

直之進は、顔を狙ってきた打ちこみをかわした。徳左衛門の膝がかすかに崩れ、竹刀を引き戻すのにわずかにときがかかった。

そこを直之進は見逃さなかった。胴に竹刀を振り抜く体勢を取った。

寸前でとめる。とめなかったら、徳左衛門は悶絶していただろう。今日一日、つかいものにならなくなったところだ。

「まいった」

崩れ落ちるように地面に両手をついた徳左衛門が首を振りながらいう。

「この前に続いて負けか。おぬしとの差はひらく一方じゃのう」

「ひらくだなんて、とんでもない。それがし、今日もかなり焦《あせ》らされましたよ」

「しかし、わしが打ちこむまでには至らぬ。そこがひじょうに大きな差なんじゃ。しかし、鍛錬あるのみじゃのう」

最後は明るくいって、徳左衛門は立ちあがった。足取りはしっかりしている。

そのことに、直之進は安心した。

朝餉をとったのち、直之進は和四郎とともに向島に出かけた。

三島屋という酒屋の屋敷に行くためである。

「和四郎どの、まめはどうだ」

「すっかりというわけにはまいりませんが、あるじよりよい薬をいただき、つかってみたところ、治りがひじょうにはやくなったようにございます」

「そいつはよかった」

「湯瀬さま、もしまめができたら、いつでもおっしゃってください。薬はよけいにもらっていますから」

「必ずそうしよう」

直之進は笑顔で答えた。

「それよりも湯瀬さま、おききしました」

なにを、と直之進はいわなかった。なにをいいたいのか、和四郎の顔から見当がついたからだ。

「残念でございましたな」

「うむ」

「五十二とのことでございましたね。まだこれからというお歳ですのに」

「うん、本当だな」

「お気を落とさずに、というのは無理かもしれませんが」

「うむ、ありがとう」

直之進と和四郎は歩き続けた。

いう通り、和四郎の足取りは軽い。これなら大丈夫だろう。なんの障りもなく、大川を渡れるにちがいない。

向島には、およそ一刻で着いた。

別邸は、事前にきいていた通りの場所にあった。

ぐるりを高い塀がめぐっている。がっしりとした土塀だが、上のほうは漆喰で白く塗られていた。

「こいつはすごい。凝っている塀ですね」

和四郎が感心していう。

「湯瀬さま、人の気配はしますか」

「する」

直之進は低い声でいった。

「どうかされましたか」

「妙な気配がするんだ」

「妙な、ですか」

和四郎が塀の向こうを探ろうとするように、耳を澄ます。

「すみません、手前にはわかりません」

「例のあの男ではないか」

「えっ」

和四郎の顔から血の気が引く。

「襲ってきた侍ですか。湯瀬さまが得体の知れぬ剣を使うとおっしゃった男ですね」

「そうだ」

「どうされます」

和四郎が息をのんできく。

「やつは俺を待ち構えている」

「では、引きますか」

「そのような真似はできぬ」

「では」

「ああ、前に進むしかあるまい。やつは俺を誘っている。背中を見せるようなことは決してできぬ」

「はい」

直之進は和四郎を見つめた。

「ここで待っていてくれ」

門の前を手で示す。

「とんでもない」

和四郎が昂然と顔をあげていう。

「ここまで来て、逃げられるものですか。一緒に行きます」

「かたじけない」

「でも大丈夫ですか。手前は足手まといになりませぬか」

「じっとしていれば平気だ」

「さようでございますか」

直之進と和四郎は、門の前に立った。長屋門ふうの造りで、かなり立派なものだ。

　あいていた。

　二人はなかに入った。

　すぐ前に庭が広がっている。右手に延びた石畳の先に、母屋が建っている。

「やつはどこですか」

　息をのみつつ、和四郎が問う。

「どうやらあの茶室のほうだな」

　庭には富士山を模したような築山があり、その陰に、一軒の茶室らしいこぢんまりとした建物があった。

　その建物の前あたりから、いやな気配が濃厚に漂っている。

　直之進は刀の鯉口を切り、いつでも抜けるようにした。

　さすがに緊張する。震えが出そうだ。それを気持ちで抑えこむ。

　なんとかうまくいった。和四郎には覚られていないだろう。

　次の瞬間に死が訪れようとするときまで、見栄を張る。

　直之進はあきれたが、人というのはこんなものなんだろう、と達観したような気持ちにもなった。

いつの間にか体からよけいな力が消えていっていることに、気づいた。

いいぞ。

直之進はことさらゆっくりと進んだ。築山の手前に泉水があり、灯籠がいくつか立っている。

その一つの陰にいるように、和四郎に命じた。

「承知いたしました」

「もし俺が殺られたら、一目散に逃げだせ。仇を討とうなどと思うな。それは確実に犬死になるゆえ」

「はい」

口をわななかせて、和四郎がいった。

「では、行ってくれ」

和四郎が灯籠の陰に向かうのを待って、直之進は再び歩を踏みだした。

築山をまわりこむ。

茶室の横に人影が立っていた。あの侍だ。

「よく来た」

「この家の者は」

「一人だけだ。おぬしが会いたがっていた三島屋のあるじだ。来るのがちょっと遅かったな。昨日、移ってもらった」

「どこに」

「わからんか」

侍が笑いかけてくる。貧相な笑いだ。だが、逆にそのことが凄みを与えている。

「あの世さ」

「無慈悲なことを」

「この世には、慈悲を与えていいことなど、一つもないぞ。きさまもそのくらい、知っているのではないのか」

「きさまなどと一緒にするな」

直之進は一気に間合をつめた。抜刀しざま、男の顔めがけて振りおろしていった。

しかし、刀は空を切った。

男は右によけていた。

「しかしすごい剣をつかうな」

男がほれぼれしたようにいう。

「それだけの剣を見せられると、やり合いたくなるが、今日、ここにきさまに来てもらったのは、闘うためではない」

「だったらなんだ」

直之進は刀を八双に構えた。できることなら両断したい。男の刀はまだ鞘におさまったままだ。殺すなら今しかない。

直之進は気迫が全身に満ちるのを待ち、また突っこんだ。胴に振り抜く。今朝、徳左衛門が避けられなかった技だ。

しかしまたも手応えはなかった。男は下がっている。

「俺は今日はもう帰る。きさまには土産がある。受け取れ」

直之進の耳にそんな言葉は届いていない。

「茶室にある。いいか、忘れるな」

直之進は突進した。男が身をひるがえす。直之進は、がら空きの背中に刀を落としていった。

しかし、男の姿がかき消えた。そうではない。右側を走っている。

いつの間に。

直之進は面食らった。

そうだ。こいつはいきなり消えたりするのだ。

思いだした。

どうすれば殺れるのか。

直之進の迷いをあざ笑うかのように、男が走りのはやさをあげた。

あっという間に塀に到達し、まるでとんぼのように乗り越えていった。

目の当たりにしたにもかかわらず、今の光景は信じられるものではなかった。

手もつかず、乗り越えていったのだ。

人の業とは思えなかった。

もはや追うことはできず、直之進は和四郎のもとに戻った。

「待たせた」

「いえ」

和四郎は呆然としている。

「なんですか、あの男は」

「化け物なのは確かだな」

それよりも、茶室にあるという土産が、直之進は気になっている。

いったいなんなのか。

茶室に慎重に近づく。人の気配は感じられない。

ただ、血のにおいがしているような気がしてならない。

そのことを和四郎に伝えた。

「血ですか」

和四郎が首をひねる。

「手前は感じません」

「そうか」

だからといって、勘ちがいだとは思わなかった。あの男の土産だ、まともなものであるはずがない。

直之進は茶室の戸をあけた。

三畳間だ。さすがにせまい。にじり口もせまかった。

「あそこに置いてありますよ」

床の間になにかの包みがある。羽織にくるまれていた。

なんだろう。

直之進はにじり口からなかに入った。

手を伸ばし、包みを取りあげた。かなりの重みがある。

羽織を取り去った。

木の桶が出てきた。蓋がついている。

これは。

血のにおいと生臭さが入りまじり、気持ちが悪くなってきた。

心を励まして、蓋を取る。

むっ。

顔をしかめた。

「なにが入っているんですか」

「知りたいか」

直之進はかたい声音できいた。

「はい」

「見ぬほうがいい」

「見せてください」

しばらく直之進は逡巡した。

「これだ」

桶をのぞきこんだ和四郎が、わあ、と悲鳴をあげた。

桶のなかに入っていたのは、塩漬けにされた生首だった。

沼里の国元の中老である、山口掃部助のものであるのは疑いようがなかった。

五

佐之助は昨日と同様、栄一郎の用心棒をつとめている。

今のところは口をだしていない。だす気もない。

栄一郎はうまくやっているからだ。

やくざ者と対等に話ができている。

たいしたものだ。やくざ者のほうも、一目置いているらしいのが、その態度から知れる。

なにしろやくざ者が、栄一郎が描いた人相書をじっくりと見てくれるのだ。

見たことねえな、知らねえな、ほかを当たってくんな。

こればかり栄一郎はいわれ続けているが、決してめげない。ときおり無念そうな表情をするが、それを引きずらない。次の瞬間には、気持ちを変えている。見事なものだな。

佐之助は、俺が見習うことばかりではないか、と心から思った。いくつのやくざ者の家をまわったものか。ようやく手がかりらしいものをつかめた。

「まことですか」

栄一郎の声にも自然に力が入った。

「ああ、似ているな」

「どこで見たのです」

「ただで教えてもらおうってのかい」

「そうだ」

佐之助はずいと前に出た。

「こりゃすみません」

頭を卑屈に叩いて、腰を曲げる。

「一時、賭場をひらいていた寺でさ。本堂の軒下で、雨露をしのいでいた三人に似ているような気がしますぜ」

「あの家でしょうか」

木陰から眺めて、栄一郎がつぶやく。

「寺男の話からだと、そういうことになるな」

「まちがいないと人相書を見て、太鼓判を押してくれましたし」

佐之助たちから半町離れた林の前に、一軒の家が建っている。わらぶき屋根の家で、かなり広い。

百姓が住んでいたはずだが、逃散でもしたのだろうか。

とにかく無人の家になったらしく、そこに三人の浪人が入りこんでいる。

もっとも、無断ではなく、三人の強さに惚れこんだやくざの親分が、近々あるはずの出入りのために住まわせているらしい。

三人が本堂の軒下を借りていた寺の寺男は、三人がどうしたのか、知っていた。近くの口入屋を頼り、やくざ者のところで働き口を見つけたのだ。

その後、別のやくざ者のところに移っていった。そのやくざ者が用意した家が、半町先のわらぶき屋根の家だ。

寺男がどうして知っていたかというと、この近くに実家があった寺男が、たまたま帰って来たときに三人を見かけていたのだ。

　あいた窓から、煙があがっている。囲炉裏でなにかを焼いているようだ。魚のにおいが佐之助たちのところにも、風に乗って漂ってきた。

「腹が減ったな」

「我慢してください」

「わかっているさ」

　佐之助は栄一郎の顔をのぞきこんだ。

「行くか」

「はい」

「いい度胸だ」

　栄一郎は刀をあらためはじめた。

「佐之助さん、得物は」

「脇差を貸してくれ」

「はい」

　手渡された。

「殺すのですか」

「おまえさんはどうしたいと考えている」

「殺さないでください」

栄一郎が即答し、懇願する。その言葉の裏には、佐之助の腕に対する全幅の信頼があった。

「いくらお真美どのを殺してしまったとはいえ、三人にもきっといい分があるでしょうから」

「裁きを受けさせるというんだな」

「はい」

「死罪にならぬかもしれんぞ」

三人とも遠島という筋が、最も強いのではないか。

「かまいません」

「お真美は許してくれるかな」

「きっと。遠島のほうが死罪よりつらいときいたことがありますし」

甘いな、と思うが、佐之助に逆らうつもりはない。

「わかった。では殺さぬ」

佐之助は脇差を腰に差した。

「では、行こう」

木陰を出て、歩きだした。魚を焼く煙が体に巻きついてきた。

磐太郎という跡取り息子を排したやくざ者の陣兵衛のところに、三人の浪人はいなかった。

だが、人相書から、陣兵衛一家の世話になっていたのは、お真美を殺した三人であるのは疑いようがなかった。

「今、三人はどこにいる」

富士太郎は陣兵衛にただした。

陣兵衛は、隠すことでもないですからねえ、とあっさりと答えた。

あれかい。

富士太郎は目を凝らした。木陰から、わらぶき屋根の家を眺めている。

「いますかね」

珠吉の声はどことなく不安げだ。

「もう逃げたと」

「わかりませんが、どうも人の気配がしない感じがするので」

「そうかい」

人の気配がする、しないなど、富士太郎にはさっぱりわからない。

わらぶき屋根の家に三人がいるといったのは、陣兵衛が口にしたやくざ一家に話をききに行ったからだ。

そのやくざ一家の親分は、出入りに備えて住まわせています、といったのだ。場所も教えてくれた。

それがあの家なのだ。

「珠吉、行こうかね」

「はい」

富士太郎は十手を手にして、木陰を出た。うしろを珠吉がついてくる。

生垣がぐるりをめぐっている。枝折戸がつけられている。半分、あいていた。

魚の焼けるにおいがしている。

いるようだね。

唇の動きで珠吉に伝えた。

はい。

珠吉が返してきた。

富士太郎はどきどきしてきた。なかに三人がいる。やくざ者の話だと、かなりの遣い手ぞろいのようだ。

しくじったかな。二人で乗りこもうとするなんて。

弱気が胸をかすめた。

なにをいっているんだ。富士太郎、情けないぞ。

自らを叱咤した。

よし、行くよ。

珠吉にいった。

土足で濡縁にあがる。腰高障子に手を当て、なかの気配を嗅いだ。

人声はしない。魚のにおいは相変わらずしている。

富士太郎は珠吉に合図して、腰高障子を一気にあけた。

畳が広がっている。囲炉裏がちらりと見えた。

十手をかざして飛びこんだ。

拍子抜けした。

三人が畳の上に転がっていたからだ。ごていねいに縛《いまし》めまでされていた。

# 六

山口掃部助さまの生首が土産ということは、と直之進は思った。あの男は沼里へ行ってきたのか。

きっとそうなのだろう。

山口掃部助さまを殺したのは、あの男なのだ。

生首の意味はなんなのか。どうして切り取り、江戸に持ち帰る必要があったのか。

つまり、と直之進はすでに思い当たっている。

俺を沼里に来るように誘っているのではないか。

行かねばならぬ。沼里でなにかが起きようとしている。きっと又太郎さまの身になにかが起きるのだ。

防がねばならぬ。

富士太郎からは、お真美という女を死なせた三人の侍が、御家取り潰しの犠牲になった者たちだときかされていた。

塚ノ介から、塚ノ介の故郷で顔の変わる侍が見かけられているという話もきいた。

あの男は、佐之助がいっていたが、確かに顔が変わるらしい。

塚ノ介の主家が取り潰されたのは、もしや沼里と同じ根っこなのか。

すでに直之進は手甲脚絆という身なりである。

東海道を西へのぼろうとしているところだった。

一人だ。

すでに見送りは受けた。光右衛門やおきく、おれんは涙を流してくれた。登兵衛と和四郎は、直之進が沼里に行くことを快諾してくれた。

塚ノ介は、あとから必ず行く、と約束してくれた。

今、直之進の足取りは軽い。やはり故郷に帰るというのは、心弾むものなのか。

この足の軽さはそうとしか思えない。

徳左衛門が、じき沼里に戻るという暗示ではないかといったが、確かにその通りになった。

ふと視線を感じた。

直之進は足をとめた。

ふらりと松の大木の陰から出てきたのは、佐之助だ。

「沼里へ行くそうだな」

「ああ」

この男はどうやって知ったのか。わからないが、隠し立てすることでもない。

「魚がうまいところだったな」

「なにがいいたい」

佐之助は答えない。

「きさまは知らぬだろうが、俺は魚が大の好物だ」

それだけをいって、佐之助は姿を消した。

やつは、と直之進は思った。いったいなにをしに来たのか。

やつも沼里に来る気なのか。今の言葉はそうとしか思えない。

来るならば来い。俺はとめはせぬ。

直之進は再び歩を進めはじめた。

しばらく行ったところで、また視線を覚えた。

振り返る。

あっ。

たまらず声が出た。

小川に架かる橋のたもとに、千勢がいたからだ。

直之進が近づこうとした途端、千勢はその場を去っていった。松林の向こうに消えてゆく。

もしや見送りに来てくれたのか。

千勢も沼里に帰りたいのかもしれんな。

きっと来るのではないか。

佐之助と一緒か。

それもよかろう。

又太郎さまのことなど、前途は多難そうだが、佐之助と千勢に関してはそういうふうに余裕が持てるようになっている。

小さな橋の上に立つと、澄みきった空にそびえる富士が見えた。

これはきっといい兆しだろう。

沼里でも、必ずいい目が出るにちがいない。

直之進は確信を抱いた。

今日の葬儀には出られないが、誠興公もきっと見守ってくださるにちがいない。

これ以上ない心の支えだ。

この作品は双葉文庫のために書き下ろされました。

双葉文庫

す-08-11

口入屋用心棒《くちいれやようじんぼう》

旅立《たびだ》ちの橋《はし》

2008年 8月20日 第1刷発行
2023年10月 3日 第11刷発行

【著者】
鈴木英治《すずきえいじ》

【発行者】
箕浦克史

【発行所】
株式会社双葉社
〒162-8540 東京都新宿区東五軒町3番28号
［電話］03-5261-4818（営業部） 03-5261-4868（編集部）
www.futabasha.co.jp（双葉社の書籍・コミックが買えます）

【印刷所】
株式会社新藤慶昌堂

【製本所】
大和製本株式会社

【カバー印刷】
株式会社久栄社

【フォーマット・デザイン】
日下潤一

---



---

ISBN978-4-575-66342-6 C0193
Printed in Japan

芦川淳一

似づら絵師事件帖

喧嘩長屋のひなた侍

長編時代小説〈書き下ろし〉

駿河押川藩を出奔して江戸に出てきた桜木真之助は、定廻り同心に似顔絵を頼まれたことから事件に巻き込まれる。シリーズ第一弾。

芦川淳一

似づら絵師事件帖

蝮の十蔵百面相

長編時代小説〈書き下ろし〉

火事で記憶を失った女が持っていた一枚の童女の似づら絵。その絵に隠された恐るべき犯罪とは……。好評シリーズ第二弾。

芦川淳一

似づら絵師事件帖

人斬り左近

長編時代小説〈書き下ろし〉

路上で立会いを求められた浪人から用心棒の話を持ちかけられた真之助。藩の闇で蠢く連中の悪巧みの臭いがする。好評シリーズ第三弾。

芦川淳一

似づら絵師事件帖

影の用心棒

長編時代小説〈書き下ろし〉

墨縄の宇兵衛親分に、吉原の女郎と駆け落ちした息子を密かに江戸から逃がして欲しいと頼まれた桜木真之助。好評シリーズ第四弾。

芦川淳一

似づら絵師事件帖

果たし合い

長編時代小説〈書き下ろし〉

藩の乗っ取りを企む井筒帯刀が、桜木真之助に刺客を放った。一方、藩主暗殺を謀る一派が藩邸にもぐりこんでくる。好評シリーズ第五弾。

池波正太郎

熊田十兵衛の仇討ち

時代小説短編集

熊田十兵衛は父を闇討ちした山口小助を追って仇討ちの旅に出たが、苦難の旅の末に……。表題作ほか十一編の珠玉の短編を収録。

池波正太郎

元禄一刀流

時代小説短編集〈初文庫化〉

相戦うことになった道場仲間、一学と孫太夫の運命を描く表題作など、文庫未収録作品七編を収録。細谷正充編。

風野真知雄　若さま同心 徳川竜之助　消えた十手　長編時代小説〈書き下ろし〉

市井の人々に接し、磨いた剣の腕で悪を懲らしめたい……。田安徳川家の十一男・徳川竜之助が定町回り同心見習いへ。シリーズ第一弾。

風野真知雄　若さま同心 徳川竜之助　風鳴《ふうめい》の剣　長編時代小説〈書き下ろし〉

見習い同心の徳川竜之助は、湯屋で起きた老人殺しの下手人を追っていた。そんな最中、竜之助の命を狙う刺客が現れ……。シリーズ第二弾。

風野真知雄　若さま同心 徳川竜之助　空飛ぶ岩　長編時代小説〈書き下ろし〉

次々と江戸で起こる怪事件。事件解決のため、日々奔走する徳川竜之助だったが、新陰流の正統をめぐって柳生の里の刺客が襲いかかる。

佐伯泰英　居眠り磐音《いわね》 江戸双紙1　陽炎《かげろう》ノ辻　長編時代小説〈書き下ろし〉

直心影流の達人坂崎磐音が巻き込まれた、幕府を揺さぶる大事件！ 颯爽と悪を斬る、著者渾身の痛快時代小説！ 大好評シリーズ第一弾。

佐伯泰英　居眠り磐音《いわね》 江戸双紙2　寒雷《かんらい》ノ坂　長編時代小説〈書き下ろし〉

内藤新宿に待ち受けていた予期せぬ大騒動。深川六間堀で浪々の日々を送る好漢・坂崎磐音が振るう直心影流の太刀捌き！シリーズ第二弾。

佐伯泰英　居眠り磐音《いわね》 江戸双紙3　花芒《はなすすき》ノ海　長編時代小説〈書き下ろし〉

安永二年、初夏。磐音にもたらされた国許、豊後関前藩にたちこめる、よからぬ風聞。亡き友の想いを胸に巨悪との対決の時が迫る。シリーズ第三弾。

佐伯泰英　居眠り磐音《いわね》 江戸双紙4　雪華《せっか》ノ里　長編時代小説〈書き下ろし〉

許婚、奈緒を追って西海道を急ぐ直心影流の達人、坂崎磐音。その前に立ち塞がる異形の僧……。大好評痛快時代小説シリーズ第四弾。

佐伯泰英
居眠り磐音《いわね》 江戸双紙5
**龍天《りゅうてん》ノ門**
長編時代小説〈書き下ろし〉
相も変らぬ浪人暮らしの磐音だが、正月早々、江戸を震撼させた大事件に巻き込まれる。大好評痛快時代小説シリーズ第五弾。

佐伯泰英
居眠り磐音《いわね》 江戸双紙6
**雨降《あふり》ノ山**
長編時代小説〈書き下ろし〉
夏を彩る大川の川開きの当日、花火見物の納涼船の護衛を頼まれた磐音は、思わぬ女難に見舞われる。大好評痛快時代小説シリーズ第六弾。

佐伯泰英
居眠り磐音《いわね》 江戸双紙7
**狐火《きつねび》ノ杜《もり》**
長編時代小説〈書き下ろし〉
両替商・今津屋のはからいで紅葉狩りにでかけた磐音一行は、不埒な直参旗本衆に付け狙われる。大好評痛快時代小説シリーズ第七弾。

佐伯泰英
居眠り磐音《いわね》 江戸双紙8
**朔風《さくふう》ノ岸**
長編時代小説〈書き下ろし〉
南町奉行所年番方与力に請われて、磐音は江戸を騒がす大事件に関わることに。居眠り剣法が春風に舞う。大好評痛快時代小説シリーズ第八弾。

佐伯泰英
居眠り磐音《いわね》 江戸双紙9
**遠霞《えんか》ノ峠**
長編時代小説〈書き下ろし〉
奉公にでた幸吉に降りかかる災難。一方、豊後関前藩の物産を積んだ一番船が江戸に向かう。大好評痛快時代小説シリーズ第九弾。

佐伯泰英
居眠り磐音《いわね》 江戸双紙10
**朝虹《あさにじ》ノ島**
長編時代小説〈書き下ろし〉
炎暑が続く深川六間堀。楊弓場の朝次から、行方知れずの娘芸人を捜してくれと頼まれた坂崎磐音は……。大好評痛快時代小説シリーズ第十弾。

佐伯泰英
居眠り磐音《いわね》 江戸双紙11
**無月《むげつ》ノ橋**
長編時代小説〈書き下ろし〉
秋の深川六間堀、愛刀包平の研ぎを頼んだことで思わぬ騒動に。穏やかな磐音の人柄に心が和む、大好評痛快時代小説シリーズ第十一弾。

佐伯泰英

**居眠り磐音《いわね》 江戸双紙 12**

**探梅《たんばい》ノ家**

長編時代小説〈書き下ろし〉

雪が舞う深川六間堀、金兵衛長屋の浪人坂崎磐音は御府内を騒がす押し込み探索に関わり……。大好評痛快時代小説シリーズ第十二弾。

佐伯泰英

**居眠り磐音《いわね》 江戸双紙 13**

**残花《ざんか》ノ庭**

長編時代小説〈書き下ろし〉

水温む江戸の春、日暮里界隈に横行する美人局騒ぎで、坂崎磐音は同心木下一郎太を手助けすることに。大好評痛快時代小説シリーズ第十三弾。

佐伯泰英

**居眠り磐音《いわね》 江戸双紙 14**

**夏燕《なつつばめ》ノ道**

長編時代小説〈書き下ろし〉

両替商今津屋の老分番頭由蔵らと日光社参に随行することになった磐音だが、出立を前に思わぬ事態が出来する。大好評シリーズ第十四弾。

佐伯泰英

**居眠り磐音《いわね》 江戸双紙 15**

**驟雨《しゅうう》ノ町**

長編時代小説〈書き下ろし〉

助力の礼にと招かれた今津屋吉右衛門らの案内役として下屋敷に向かった磐音は、父正睦より予期せぬことを明かされる。大好評シリーズ第十五弾。

佐伯泰英

**居眠り磐音《いわね》 江戸双紙 16**

**螢火《ほたるび》ノ宿《しゅく》**

長編時代小説〈書き下ろし〉

小田原脇本陣・小清水屋の長女お香奈と大塚左門が厄介事に巻き込まれる。一方、白鶴太夫にも思わぬ噂が……。大好評シリーズ第十六弾。

佐伯泰英

**居眠り磐音《いわね》 江戸双紙 17**

**紅椿《べにつばき》ノ谷**

長編時代小説〈書き下ろし〉

菊花薫る秋、両替商・今津屋吉右衛門とお佐紀の祝言に際し、花嫁行列の案内役を務めることになった磐音だが……。大好評シリーズ第十七弾。

佐伯泰英

**居眠り磐音《いわね》 江戸双紙 18**

**捨雛《すてびな》ノ川**

長編時代小説〈書き下ろし〉

坂崎磐音と品川柳次郎は南町奉行所定廻り同心・木下一郎太に請われ、賭場の手入れに関わることに……。大好評シリーズ第十八弾。

佐伯泰英
居眠り磐音《いわね》 江戸双紙19
梅雨《ばいう》ノ蝶
長編時代小説
〈書き下ろし〉
佐々木玲圓道場改築完成を間近に控えたある日、坂崎磐音と南町奉行所定廻り同心・木下一郎太は火事場に遭遇し……。大好評シリーズ第十九弾。

佐伯泰英
居眠り磐音《いわね》 江戸双紙20
野分《のわき》ノ灘《なだ》
長編時代小説
〈書き下ろし〉
墓参のため、おこんを同道して豊後関前への帰国を願う父正睦の書状が届く。一方、磐音を狙う新たな刺客が現れ……。大好評シリーズ第二十弾。

佐伯泰英
居眠り磐音《いわね》 江戸双紙21
鯖雲《さばぐも》ノ城
長編時代小説
〈書き下ろし〉
御用船の舳先に立つ磐音とおこんは、断崖に聳える白鶴城を望んでいた。折りしも、関前でよからぬ事が出来し……。大好評シリーズ第二十一弾。

佐伯泰英
居眠り磐音《いわね》 江戸双紙22
荒海《あらうみ》ノ津《つ》
長編時代小説
〈書き下ろし〉
豊後関前を発った坂崎磐音とおこんは、福岡藩の御用達商人、箱崎屋次郎平の招きに応えて筑前博多に辿り着く。大好評シリーズ第二十二弾。

佐伯泰英
居眠り磐音《いわね》 江戸双紙23
万両《まんりょう》ノ雪
長編時代小説
〈書き下ろし〉
磐音とおこんが筑前より帰府の途次にいる頃、笹塚孫一は厄介な事態に直面していた。六年前捕縛した男が島抜けしたのだ。シリーズ第二十三弾。

佐伯泰英
居眠り磐音《いわね》 江戸双紙24
朧夜《ろうや》ノ桜
長編時代小説
〈書き下ろし〉
桂川国瑞と織田桜子の祝言に列席するため、麻布広尾村に出向いた磐音とおこんは、花嫁行列を塞ぐ不逞の輩に遭遇し……。シリーズ第二十四弾。

佐伯泰英
居眠り磐音《いわね》 江戸双紙25
白桐《しろぎり》ノ夢
長編時代小説
〈書き下ろし〉
西の丸に出仕する依田鐘四郎を通じ、大納言家基より予て約定のものを手配いたせとの言伝が磐音にもたらされるが……。シリーズ第二十五弾。

佐伯泰英

居眠り磐音《いわね》　江戸双紙26

## 紅花《べにばな》ノ邨《むら》

長編時代小説
〈書き下ろし〉

紅花商人の前田屋内蔵助に身請けされ、山形に旅立っていった奈緒の身に危難が迫っていた。磐音は奥州道中を北へ向かう。シリーズ第二十六弾。

---

佐伯泰英 著・監修

## 「居眠り磐音《いわね》　江戸双紙」読本

ガイドブック
〈文庫オリジナル〉

「深川・本所」の大型カラー地図をはじめ、地図や読み物満載。由蔵と少女おこんの出会いを描いた書き下ろし「跡継ぎ」（シリーズ番外編）収録。

---

坂岡真

照れ降れ長屋風聞帖

## 大江戸人情小太刀

長編時代小説
〈書き下ろし〉

江戸堀江町、通称「照れ降れ町」の長屋に住む浪人、浅間三左衛門。疾風一閃、富田流小太刀の妙技が人の情けを救う。シリーズ第一弾。

---

坂岡真

照れ降れ長屋風聞帖

## 残情十日の菊

長編時代小説
〈書き下ろし〉

浅間三左衛門と同じ長屋に住む下駄職人の娘に舞い込んだ縁談の裏に、高利貸しの暗躍が。富田流小太刀で救う江戸模様。シリーズ第二弾。

---

坂岡真

照れ降れ長屋風聞帖

## 遠雷雨燕《えんらいあまつばめ》

長編時代小説
〈書き下ろし〉

孝行者に奉行所から贈られる「青緡五貫文」。そのために遊女にされた女が心中を図る。裏には町役の企みが。好評シリーズ第三弾。

---

坂岡真

照れ降れ長屋風聞帖

## 富《とみ》の突留札《つきどめふだ》

長編時代小説
〈書き下ろし〉

突留札の百五十両が、おまつ達に当たった。用心棒を頼まれた浅間三左衛門は、換金した帰り道で破落戸に襲われる。好評シリーズ第四弾。

---

坂岡真

照れ降れ長屋風聞帖

## あやめ河岸

長編時代小説
〈書き下ろし〉

浅間三左衛門の投句仲間で定廻り同心に戻った八尾半四郎が、花魁・小紫にからんだ魚問屋の死の真相を探る。好評シリーズ第五弾。

坂岡真
照れ降れ長屋風聞帖
子授け銀杏《いちょう》
長編時代小説
〈書き下ろし〉
境内で腹薬を売る浪人、田川頼母の死体が川に浮いた。事件の背景を探る浅間三左衛門の怒りが爆発する。好評シリーズ第六弾。

坂岡真
照れ降れ長屋風聞帖
仇《あ》だ桜
長編時代小説
〈書き下ろし〉
幕府の役人が三人斬殺されたが、浅間三左衛門には犯人の心当たりがあった。三左衛門の過去の縁に桜花が降りそそぐ。好評シリーズ第七弾。

坂岡真
照れ降れ長屋風聞帖
濁り鮒《ぶな》
長編時代小説
〈書き下ろし〉
出産を控えたおまつに頼まれ、三左衛門は大店に嫁いだ汁粉屋の娘おきちの悩み事を解消するために動き出す。好評シリーズ第八弾。

坂岡真
照れ降れ長屋風聞帖
雪見舟
長編時代小説
〈書き下ろし〉
元会津藩の若き浪人・天童虎之介に、己の若き日の姿を見た浅間三左衛門。虎之介とともに会津へ向かう。大好評シリーズ第九弾。

坂岡真
照れ降れ長屋風聞帖
散り牡丹《ぼたん》
長編時代小説
〈書き下ろし〉
三左衛門の住む長屋の母娘を助けたことで、江戸中で評判になった陰陽師。しかし、その男には世間を欺く裏の顔があった。大好評シリーズ第十弾。

鈴木英治
口入屋用心棒
逃げ水の坂
長編時代小説
〈書き下ろし〉
仔細あって木刀しか遣わない浪人、湯瀬直之進は、江戸小日向の口入屋・米田屋光右衛門の用心棒として雇われる。好評シリーズ第一弾。

鈴木英治
口入屋用心棒
匂い袋の宵
長編時代小説
〈書き下ろし〉
湯瀬直之進が口入屋の米田屋光右衛門から請けた仕事は、元旗本の将棋の相手をすることだったが……。好評シリーズ第二弾。

鈴木英治
口入屋用心棒
雨上《あめあが》りの宮《みや》
長編時代小説
〈書き下ろし〉
死んだ緒加屋増左衛門の素性を確かめるため、探索を開始した湯瀬直之進。次第に明らかになっていく腐米汚職の実態。好評シリーズ第十弾。

鳥羽亮
華町源九郎江戸暦
はぐれ長屋の用心棒
長編時代小説
〈書き下ろし〉
気侭な長屋暮らしに降ってわいた五千石のお家騒動。鏡新明智流の遣い手ながら、老いを感じ始めた中年武士の矜持を描く。シリーズ第一弾。

鳥羽亮
はぐれ長屋の用心棒
袖返し
長編時代小説
〈書き下ろし〉
料理茶屋に遊んだ旗本が、若い女に起請文と艶書を掏られた。真相解明に乗り出した華町源九郎が闇に潜む敵を暴く!! シリーズ第二弾。

鳥羽亮
はぐれ長屋の用心棒
紋太夫の恋
長編時代小説
〈書き下ろし〉
田宮流居合の達人、菅井紋太夫を訪ねてきた子連れの女。三人の凶漢の魔手から母子を守るため、人情長屋の住人が大活躍。シリーズ第三弾。

鳥羽亮
はぐれ長屋の用心棒
子盗《ことろ》ろ
長編時代小説
〈書き下ろし〉
長屋の四つになる男の子が忽然と消えた。江戸では幼い子供達がいなくなる事件が続発。神隠しか、かどわかしか? シリーズ第四弾。

鳥羽亮
はぐれ長屋の用心棒
深川袖しぐれ
長編時代小説
〈書き下ろし〉
幼馴染みの女がならず者に連れ去られた。下手人糾明に乗り出した源九郎たちの前に立ちはだかる、闇社会を牛耳る大悪党。シリーズ第五弾。

鳥羽亮
はぐれ長屋の用心棒
迷い鶴
長編時代小説
〈書き下ろし〉
源九郎は武士にかどわかされかけた娘を助けた。過去の記憶も名前も思い出せない娘を襲う玄宗流の凶刃! シリーズ第六弾。

鳥羽亮

はぐれ長屋の用心棒
**黒衣の刺客**

長編時代小説〈書き下ろし〉

源九郎が密かに思いを寄せているお吟に、妾にならないかと迫る男が現れた。そんな折、長屋に住む大工の房吉が殺される。シリーズ第七弾。

---

鳥羽亮

はぐれ長屋の用心棒
**湯宿《ゆやど》の賊**

長編時代小説〈書き下ろし〉

盗賊にさらわれた娘を救って欲しいと船宿の主が華町源九郎を訪ねてきた。箱根に向かった源九郎一行を襲う謎の刺客。好評シリーズ第八弾。

---

鳥羽亮

はぐれ長屋の用心棒
**父子凧《おやこだこ》**

長編時代小説〈書き下ろし〉

俊之助に栄進話が持ち上がり、喜びに包まれる華町家。そんな矢先、俊之助と上司の御納戸役が何者かに襲われる。好評シリーズ第九弾。

---

鳥羽亮

はぐれ長屋の用心棒
**孫六の宝**

長編時代小説〈書き下ろし〉

長い間子供の出来なかった娘のおみよが妊娠した。驚喜する孫六だが、おみよの亭主・又八が辻斬りに襲われる。好評シリーズ第十弾。

---

鳥羽亮

はぐれ長屋の用心棒
**雛《ひな》の仇討ち**

長編時代小説〈書き下ろし〉

両国広小路で菅井紋太夫に挑戦してきた子連れの武士。藩を二分する権力争いに巻き込まれて江戸へ出てきたらしい。好評シリーズ第十一弾。

---

鳥羽亮

はぐれ長屋の用心棒
**瓜ふたつ**

長編時代小説〈書き下ろし〉

奉公先の旗本の世継ぎ問題に巻き込まれ、浪人に身をやつした向田武左衛門がはぐれ長屋に越してきた。そんな折、大川端に御家人の死体が。

---

鳥羽亮

はぐれ長屋の用心棒
**長屋あやうし**

長編時代小説〈書き下ろし〉

はぐれ長屋に遊び人ふうの男二人と無頼牢人二人が越してきた。揉めごとを起こしてばかりいたその男たちは、住人たちを脅かし始めた。

藤原緋沙子

藍染袴《あいぞめばかま》お匙帖
風光る

時代小説
〈書き下ろし〉

医学館の教授方であった父の遺志を継いで治療院を開いた千鶴が、御家人の菊池求馬とともに難事件を解決する。好評シリーズ第一弾！

---

藤原緋沙子

藍染袴《あいぞめばかま》お匙帖
雁渡《かりわた》し

時代小説
〈書き下ろし〉

押し込み強盗を働いた男が牢内で死んだ。牢医師も務める町医者千鶴の見立ては、烏頭による毒殺だったが……。好評シリーズ第二弾！

---

藤原緋沙子

藍染袴《あいぞめばかま》お匙帖
父子雲《ちちこぐも》

時代小説
〈書き下ろし〉

シーボルトの護衛役が自害した。長崎で医術を学んでいたころ世話になった千鶴は、シーボルトが上京すると知って……。シリーズ第三弾！

---

藤原緋沙子

藍染袴《あいぞめばかま》お匙帖
紅《あか》い雪

時代小説
〈書き下ろし〉

千鶴の助手を務めるお道の幼馴染み、おふみが許嫁の松吉にわけも告げず、吉原に身を売った。千鶴は両親のもとに出向く。シリーズ第四弾！

---

藤原緋沙子

藍染袴《あいぞめばかま》お匙帖
漁《いさ》り火《び》

時代小説
〈書き下ろし〉

岡っ引の彌次郎の刺殺体が神田川沿いで引き上げられた。半年前から前科者の女衒を追っていたというのだが……。シリーズ第五弾！

---

松本賢吾

八丁堀の狐
女郎蜘蛛

長編時代小説
〈書き下ろし〉

女犯坊主が、鎧通を突き立てられて殺された。北町奉行所与力・狐崎十蔵、人呼んで「八丁堀の狐」が、許せぬ悪を裁く。シリーズ第一弾！

---

松本賢吾

八丁堀の狐
鬼火

長編時代小説
〈書き下ろし〉

隠し番屋の仲間・猪吉に殺しの嫌疑がかけられ、夜鷹蕎麦屋の七蔵は「贋狐」に襲われる。背後には鼈甲細工をめぐる悪徳商人の動きが。

松本賢吾

八丁堀の狐
**鬼あざみ**

長編時代小説〈書き下ろし〉

隠密廻り同心の狸穴三角に、押し込み強盗の嫌疑が。隠し番屋「狐の穴」潰しの策謀と知った狐崎十蔵の怒りが爆発する。大好評シリーズ第三弾。

---

松本賢吾

八丁堀の狐
**七化《ななば》け**

長編時代小説〈書き下ろし〉

捕らえた盗賊・鬼薊の清吉はひとりだけではなかった？ もうひとりの清吉を探す狐崎十蔵の前に、強敵が現れる。好評シリーズ第四弾。

---

松本賢吾

八丁堀の狐
**大化け**

長編時代小説〈書き下ろし〉

父の仇である斬人鬼・曲狂之介との決着を持ち越した狐崎十蔵だったが、隠し番屋「狐の穴」に、またしても卑劣な罠が。好評シリーズ第五弾。

---

森　詠

**七人の弁慶　風の巻**

長編時代小説

弁慶の七つ道具とは、その道具に象徴される七つの部族を表す。それぞれの部族を代表する「七人の弁慶」と、義経の活躍を描く長編時代小説。

---

吉田雄亮

聞《き》き耳幻八浮世鏡《みみげんぱちうきよかがみ》
**黄金小町《こがねこまち》**

長編時代小説〈書き下ろし〉

御家人の倅、朝比奈幻八は、聞き耳幻八と異名をとる読売の文言書き。大川端に浮かんだ女の死体の謎を探るが……。シリーズ第一弾。

---

吉田雄亮

聞《き》き耳幻八浮世鏡《みみげんぱちうきよかがみ》
**傾城番附《けいせいばんづけ》**

長編時代小説〈書き下ろし〉

江戸の別嬪番附を出すことになった幻八と玉泉堂の仲蔵は、女の品定めをした帰り道、血塗れの武士を助けたのだが……。シリーズ第二弾。

---

吉田雄亮

聞《き》き耳幻八浮世鏡《みみげんぱちうきよかがみ》
**放浪悲剣**

長編時代小説〈書き下ろし〉

春駒太夫のお披露目道中を読売に書くため、吉原を訪れた文言書きの幻八は、思わぬ火事騒ぎに巻き込まれた……。シリーズ第三弾。